W0387889

HAYMON verlag

Alfred Komarek

Alfred

Auflage:
4 3 2 1
2022 2021 2020 2019

© 2019
HAYMON verlag
Innsbruck-Wien
www.haymonverlag.at

Alle Rechte vorbehalten. Kein Teil des Werkes darf in irgendeiner Form (Druck, Fotokopie, Mikrofilm oder in einem anderen Verfahren) ohne schriftliche Genehmigung des Verlages reproduziert oder unter Verwendung elektronischer Systeme verarbeitet, vervielfältigt oder verbreitet werden.

ISBN 978-3-7099-3454-8

Umschlag: hißmann, heilmann, hamburg
Umschlagabbildung: Serge Bloch
Satz: himmel. Studio für Design und Kommunikation, Innsbruck / Scheffau – www.himmel.co.at

Gedruckt auf umweltfreundlichem,
chlor- und säurefrei gebleichtem Papier.

Der Traum von Leben hat klare Konturen.
Wer immer wieder über die Grenze geht,
aus sich heraus, in sich zurück,
kann davon erzählen.

Alfred: Nachgelassene Schriften

1 ||

Eines Nachts war Alfred da und er wollte bleiben.

„Papiere?“, fragte der Existenzverwaltungsbeamte, als der Morgen graute.

„Freilich! Ein haltloser Parkschein, ein schuldloser Schuldschein und eine Rose aus dem Wiener Prater, mehr wert als alles in der Welt.“

Der Beamte betrachtete die Rose prüfend. Dann nahm er die Brille ab, um genauer zu sehen, roch an den vergilbten Blütenblättern und zwang sie zärtlich mit den Fingerkuppen, sich zu öffnen. „Gehen Sie“, flüsterte er, „rasch, hier, durch die Hintertür!“ Dann quittierte er seinen Dienst und zeichnete fortan Akte.

Alfred aber ging und suchte Arbeit.

Er wollte Poet werden, weil er doch so viel zu erzählen hatte.

„Ja dann!“, klang es vom offenen Fenster her. Eine Muse kam näher und begann ihn zu küssen. Bald tanzte ein Gedicht zwischen den Zungenspitzen. Die Muse lockte Alfred tief in sich hinein, wurde rund und prall und gebar ihm viele Kinder. Doch die einen waren zu schwach, um zu leben, und die anderen kamen tot zur Welt.

„Das war wohl nichts." Die Muse ging. Alfred blieb, hatte Hunger und fror.

Dann wollte er Mönch werden, weil er doch so viel zu verschweigen hatte. Er klopfte an die Pforte.

„Sie wünschen bitte?"

„Einkehr! Umkehr! Abkehr!"

„Entsagung?"

Alfred nickte vielsagend.

„Unermüdlich im Gebet und stark im Glauben?"

„Ich glaube schon."

„Selig darbend? Reich im Verzicht?"

„Mit Vergnügen!"

Der Pförtner griff zur Glocke.

„Ihr ruft den Abt, Bruder?", fragte Alfred fromm.

„Mitnichten. Die Müllabfuhr."

*

Ein großes Auto kam, ein großer Mann stieg aus und eine große Hand fiel auf Alfreds rechte

Schulter. „Komm mit, mein Freund. Wir gehen auf ein Bier."

Dann saßen die zwei im Wirtshaus um die Ecke einander gegenüber. Alfred schwieg geschwätzig, grinste grindig und war ganz Ohr. Der große Mann aber war ganz Mund.

„Dir geht's nicht gut, was? Erzähl mir nichts, ich kenne das. Zu hoch hinaus und zu tief hinein. Es ist immer dasselbe."

Dann schwieg er. Sein Schweigen hatte Schmutzränder und roch seltsam. Die große Hand fiel diesmal auf Alfreds linken Unterarm.

„Mist!"

„Schlimm?"

„Ach wo. Ganz im Gegenteil. Wer in Mist macht, macht sein Glück. Wer auf Mist baut, baut nicht auf Sand. Mit dem Mist in der Hand kommst du durch das ganze Land. Du suchst Arbeit. Du hast sie gefunden."

„Also, ich weiß nicht ..."

„Aber ich. Fest angestellt. Sichere Position. Erfüllend. Sozial anerkannt. Nicht zuletzt: Das schöne Gefühl, gebraucht zu werden. Du wirst Mistkübel. Und ich besorge dir eine gute Stelle."

So wurde Alfred montiert, Ecke Kaiserstraße Myrthenallee, fest verschraubt an einem Eisenrohr, das am Gehsteigrand einbetoniert war. Da stand er nun und war offen für alles. Er gab sich anfangs auch wirklich Mühe und hatte ein gewisses Vergnügen daran, mit seinen neuen Lebensinhalten sorgsam umzugehen. Verstoßene Nahrungsmittel durften in einer abgeschiedenen Ecke ungestört faulen und modern: Erde, irgendwann. Leere Behältnisse aller Art füllte Alfred mit neuen Inhalten aus seinem reichhaltigen Lager, Papier glättete, faltete und stapelte er, um eines Tages vielleicht ja doch darin zu lesen oder darauf zu schreiben. Selten genug gelang ihm sogar etwas Besonderes: Eine Führungskraft hatte ihre Bedenken weggeworfen, weil sie beim Führen hinderlich waren. Alfred hustete sie einem vorbeieilenden Politiker vor die Füße, der stolperte, fiel, sich aufrichtete und ein großer Mann wurde.

Und dann war da noch ein Spatz, der Alfred hin und wieder besuchte und manchmal etwas in ihm fand, das er mochte. „Magst du hereinkommen?“, fragte Alfred. „Ihr Mistkübel seid doch alle gleich“, tschilpte der Spatz und kam nie wieder.

Alles in allem aber wurde das Dasein bald recht beschwerlich für den Mistkübel Ecke Kaiserstraße Myrthenallee. Die vielen Zigarettenstummel machten Alfred süchtig, Plastik war überall, um ihn und in ihm, wickelte sich um seine Gedanken, verschloss ihm die Augen, verstopfte die Nase, die Ohren und den Mund, drückte auf die Brust und lag schwer im Magen. Übelkeit überkam Alfred und er übergab sich. Als er spürte, dass er Durchfall kriegte, öffnete er verstohlen seine Bodenklappe. Das bemerkte ein dienstführendes Aufsichtsorgan, erstattete Bericht an das zuständige Amt, welches prüfte, sich einem Entscheidungsfindungsprozess hingab und schließlich in Anbetracht notorisch nicht widmungsgemäßen Funktionierens einen sofort vollstreckbaren Bescheid erließ: Demontage und Entsorgung.

*

Da lag Alfred denn, eine Müllhalde rings um ihn und eine Krone neben sich. „Grüß dich, Kleinod. Du bist aber fremd hier!“

Die Krone leuchtete matt. „Unsinn. Wenn jemand hierhergehört, dann ich. Alles ist Mist an mir, alle meine Werte wurden verspielt, verworfen und verraten, leichthin eingetauscht gegen Blödheiten. Jede Narrenkappe wäre besser.“

„Und wie ist das geschehen?“

„Eine lange Geschichte. Soll ich erzählen?“

„Freilich, ich habe Zeit.“

„Na klar. Davon haben wir Weggeworfenen mehr als genug. So höre denn die Mär von König Kurti, der sich über alle anderen Könige erheben wollte, auch über den des Himmels. Die Sonne ging in seinem Reich nicht unter, und tat sie es doch, schaute keiner hin oder wollte es keiner glauben. Viele Jahre widmete der Reichsgoldschmied sein Können und seine Kunst nur mir, der Krone aller Kronen. Er goss und walzte, hämmerte, schliff, polierte und mattierte, gravierte, ziselierte und granulierte, griff wie im Fieber nach Edelsteinen, Perlen, Korallen, Kameen und Gemmen. So nebenbei verliebte er sich in die Königin, weil er so oft im Haus war.

‚Ja dann', sprach König Kurti, ‚ist sie dir wohl kostbarer als alles Gold der Welt?'

‚Mehr noch!' Der Goldschmied legte die Hand gediegen aufs güldene Herz. Kurti richtete sich auf und sein Scheitel berührte das Firmament. ‚Dann nimm sie und behalte sie als Lohn für deine Arbeit!' Der König wandte sich ab, murmelte ‚wieder was gespart' und erfand die Kurtisane. Fehlte nur noch die neue Königin. König Kurti fand sie auf einem Schachbrett, investierte ein paar Bauernopfer und setzte den König neben ihr matt. Er hatte eine gute Wahl getroffen: Sie besaß trotz ihres spielerischen Naturells strategisches Gewicht, war damenhaft in ihrem Wesen und sie bewegte sich nur, wenn sie bewegt wurde.

König Kurti samt seiner Macht und Herrlichkeit wuchs demnach unaufhörlich. Bald war er höher als die höchsten Grashalme, lugte über undurchsichtige Hecken, ließ die Kronen der Bäume tief unter sich, hing als weihevoller Rauch über den Dächern, überragte hochmütig alles, was ragte, schaute endlich verächtlich auf die Wolken unter sich herab und brüskierte hohnlachend die Gipfelkonferenz der Gipfel durch seine unübertreffliche Überhöhung.

Da hätte sich noch so manches auf die Spitze treiben lassen, doch eines Tages näherte sich der allerhöchste Großwesir. Auf allen vieren kroch er durch den Saal, und als er vor seinem König angekommen war, wagte er es kaum, den Kopf zu heben. Immerhin erblickte er die rechte große Zehe. Und siehe: Sie winkte huldvoll.

Der Großwesir nahm allen Mut zusammen: ‚Oh Erlauchtigster!‘

‚Was denn?‘

‚Es gibt ein ganz, ganz kleines Problem mit Eurer ganz, ganz großen und über die Maßen großartigen Größe: Ihr habt, mit Verlaub, ein i zu viel.‘

‚Ich werde dich lehren, was es bedeutet, mir Unbehagen zu bereiten!‘, rief König Kurti und ließ den Henker kommen. Der Mann hob das Beil und der Großwesir sagte: ‚Genau das meinte ich: Ihr seid um einen Kopf zu klein.‘ Dann starb er und König Kurti tat’s irgendwie leid. Rasch kaufte er sich einen neuen Großwesir, einen ganz kleinen, doch überaus possierlichen. Er hielt ihn von Regierungsgeschäften fern, ernannte ihn aber zum Ersten Spektakelminister des Reiches. Dieser pfiff gleich einmal tausendundeinen Schalmeienbläser herbei. Der König bekam rote Ohren und der kleine Großwesir einen Orden. Flugs begab er sich ins Haus der himmlischen Freuden und bot den halben Reichsschatz dafür, dass der König die Engel singen höre. So geschah es. Der König nahm die Krone ab, weil ihm ziemlich heiß geworden war. Lässig löste er eine Handvoll Edelsteine aus der Fassung und warf jeder Sängerin einen ins Dekolleté.

‚Geht’s nicht noch besser?‘

Der König atmete schwer.

‚Oh ja, Ihr werdet staunen!‘

Der kleine Großwesir griff nach der verbliebenen Hälfte des Reichsschatzes und ward nie mehr gesehen.

Der König nahm’s leicht. Ihm blieb ja noch die Krone. Doch bald war alles Gold verbraucht und Kurti wurde aus der Welt gewischt.

So bin ich hierher geraten: Plastik mit goldenem Lack. Willst du mich haben?“, schloss die Krone.

„Sei bitte nicht gekränkt. Ich mag Hüte nicht.“

Alfred spürte, wie sich etwas an ihm rieb, und bemerkte eine Ratte.

„Grüß dich, Kübel“, fiepte sie. „Oder redest du nicht mit unsereinem? Andererseits: Mist und Ratte ... passt doch irgendwie, was?“

Alfred nickte.

„Kennst du dich aus hier?“

„Freilich. Du sprichst mit einer geprüften und diplomierten Müll-Reiseführerin. Abgesehen davon bin ich eine Wanderratte. Rattus norvegicus, weiß der Teufel warum. Du kannst mich gerne buchen. Allerdings, wie geht’s denn mit dem Gehen, so als Kübel?“

„Kein Problem!“

Alfred fuhr aus der Haut.

„Oh, ein Alfred!“

„Sehr schlimm?“

„Es geht. Und jetzt komm mit! Keine so üble Welt übrigens, unsere Müllhalde. Der Druck bleibt draußen, Leistung zählt nicht und die Pflichtvergessenen liegen hier goldrichtig.“

„Und da drüben, wo die grellen Scheinwerfer sind?“

„Kein guter Ort, Sondermüll, hält sich für etwas Besseres: unverrottbar, also die Zukunft. Und er beutet Sklaven aus. Sie sind krank und sterben früh. Aber sie lernen. Und irgendwann werden sie die neuen Herren sein und andere ausbeuten. Stinkt zum Himmel, das alles. Doch es geht auch anders. Da, schau, das freundliche Tal hier: Die Gnadengrube für Strandgut aller Art, erfrorene Lieben, Träume mit gebrochenen Flügeln, Anfänge, die man um ihr Ende gebracht hat. Hier haben sie's gut miteinander und dürfen warten."

„Worauf?"

„Wer weiß das schon." Die Barthaare der Ratte zitterten. „Na ja, einer könnte es schon wissen. Wenn es ihn gibt."

„Von wem sprichst du?"

„Vom Weisen auf dem Müllberg. Da, vor uns, beginnt der Weg zum Gipfel. Wenn du es wagen willst, musst du alleine gehen."

„Warum?"

Alfred spürte flinke Rattenpfoten am linken Hosenbein, am Rock und dann feines Fell an der Wange.

„Frag lieber nicht."

2 ||

Unverzüglich wurde Alfred zum Alpinisten. Bedächtige Kraft war in seiner Stimme, seinen Schritten, seinen Gedanken. Felsgrau, Gletscherweiß und Bergseeblau vermählten sich in seinen Augen. Geduldig bezwang er die schier unendliche Ödnis der Bauschutthalden. Als er endlich die hellen Flanken des Sperrmülls vor sich hatte, errichtete er sein Basislager. Noch bevor der Morgen graute, rüstete er zum Gipfelsturm. Abgründe gähnten, Schluchten schauderten, Höhen schwindelten. Alfred focht das nicht an. Sogar der Gipfelsieg ließ ihn nur kurz innehalten. Er informierte die Weltpresse, dankte dem Himmel und schrieb ein Buch über seine müllalpinen Erfahrungen. Film und Fernsehen konnten vorerst warten.

Eine Stimme drang an sein Ohr.

„Suchen Sie etwas Bestimmtes?“

„Den Weisen vom Berg, wenn’s recht ist.“

„Ihr habt ihn gefunden. Bitte warten Sie hier, bis Sie aufgerufen werden.“ Alfred wartete und las einstweilen: Müll mit Herz, die Müllwelt, die Müllzeit, den Müllkurier und die Kronenkorkenzeitung.

„Der Nächste, bitte!“

Jetzt erst betrachtete Alfred den Weisen genauer. Regungslos saß er auf einem mächtigen Stück Stahlbeton. Sein aschgraues Haar verwob sich mit den düsteren Schwaden, die es umwehten, umspielte elegisch seine Schultern. Ein weites, vielfarbiges Hemd reichte bis zum Boden. Alfred berührte es scheu.

„Wo gibt’s denn so was?“

„Weisen-Outfit vom Spezialversand. Recycling von allem: Leichentuch und Schmachtfetzen, die weggeworfenen Feigenblätter aus dem Paradies, angenagte Hungertücher, halbseidene Servietten und so weiter und so fort. Aber meines Hemdes wegen bist du wohl nicht zu mir gekommen.“ Der Weise griff nach einem großen Buch. „Ein paar einführende Worte vorweg ... Das hier ist ein Apokryph zur Schöpfungsgeschichte, also von der offiziellen Lehre verworfen, weil peinlich. Nun denn: Als Gott am siebten Tage ruhte, träumte er wirr. Am achten Tage schuf er eine weitere Welt: Diese hier. Und er sah, dass es nicht gut war und dass es immer schlimmer wurde. Höchste Zeit demnach für eine neue Sintflut. Die giftigsten aller

Abwässer traten über die Dämme und die armseligsten aller Geschöpfe ließen ihre erbärmliche Arche zu Wasser. Doch eines Tages kam eine sehr schmutzige Taube geflogen und trug einen Altölzweig im Schnabel. So sind einige doch nicht ertrunken, sondern hier gestrandet, irgendwo am Berg. Meine Vorfahren, mein Lieber! Vermutlich erstunken und erlogen, das alles, aber sag selbst: Ohne Herkunftsmythos hat man in meinem Beruf schlechte Karten. Schluss damit, ich schweife ab." Der weise Mann ordnete die Falten seiner Kleidung und ließ seinen Blick düster glimmen. „Du bist die Frage, Fremder, ich bin die Antwort. Du bist ein Suchender, ich bin der Weg."

„Wohin mit mir, oh Weiser?"

„In dich, oh Mensch."

„Wie finde ich mich? Wo geht's hinein?"

„Betrachte dein Sein! Gewinne meditierend Stufe um Stufe der Erkenntnis! Lass deine Sinne los, gib deine Gedanken frei, lerne die Welt zu missachten! Schreite voran auf dem Pfade der Erleuchtung! Irgendwann solltest du dann links abbiegen und zu dir kommen. Oder auch nicht."

„Geht's nicht einfacher?"

„Natürlich. Mach die Augen zu. Was siehst du?"

„Nichts."

„Na also. Schon bist du da." Der weise Mann seufzte. Die Glut in seinen Augen erlosch und er ließ den Kopf hängen. „Das war's dann wohl, wie? Wirklich keine Fragen mehr? Es ist verdammt einsam hier oben, weißt du? Und es zieht."

„Wenig Kundschaft, nicht wahr?"

„Nur du seit undenklichen Zeiten. Und dabei wird's wohl auch in Zukunft bleiben."

Alfred setzte sich zu ihm. „Ganz und gar allein auf dem Berg?"

„Na ja. Dann und wann Zugvögel, die in meinem Essen stochern, oder Geier. Auch hungrig."

„Alfred heiße ich. Hast du einen Namen?"

„Sollte ich? Wozu? Und für wen?"

Alfred rückte noch ein wenig näher und spürte die knochige Schulter des Alten. Nach sieben Tagen und sieben Nächten saßen sie immer noch da. Eine Spinne hatte ihr Netz zwischen ihrer beider Nasenspitzen gespannt.

Endlich räusperte sich der Weise verlegen.

„Ich muss dann weg. Die Geschäfte und so. Danke übrigens fürs miteinander Schweigen. War schön."

Der Weise ordnete seine Kleidung mit förmlicher Sorgfalt, griff nach einem Griffel, stellte Alfred ein Rezept aus und erhob sich verhalten knarrend. Er reichte seinem Besucher leichthin die Hand und schob ihn höflich von sich. „Danke, dass Sie mit mir geflogen sind! Bleiben Sie bitte noch so lange sitzen, bis Ihre Bedenken erloschen und die Triebe ausgeschaltet sind. Nun noch ein rechtlicher Hinweis: Dies ist ein privater Ratschlag. Rücknahme, Gewährleistung und Garantie sind ausgeschlossen."

Dann wandte sich der Weise zum Gehen.

„Wohin, oh Weiser?"

„Woher soll ich das wissen?"

Alfred schaute dem alten Mann nach. Als er ihn nicht mehr sehen konnte, dachte er an den Rat des Weisen, schloss abermals die Augen, tat einen Schritt, verlor den Boden unter den Füßen und fiel sich selbst in die Hände. „Herein mit dir", hörte er sich sagen, „wenn du schon einmal da bist." Und so geschah es: Alfred ging in sich.

*

Er fand sich auf einer Wiese wieder. Ganz klein war er, kaum größer als ein Löwenzahn. Neugierig schaute er sich um und sah Kinder, die miteinander spielten. „Darf ich mitspielen?"

Die Kinder nahmen ihn in ihre Mitte, verprügelten ihn, bis er still dalag, und rannten davon.

Als Alfred wieder zu sich gekommen war, leckte er sorgsam seine Wunden und folgte den Spuren. Er fand die Kinder bald und verbarg sich vorerst. Erst im Dunkel der Nacht trat er lautlos zwischen sie, riss den Mädchen die Flügel aus und nagelte das Gelächter der Buben an einen Bretterzaun. Ist ja nur ein Spiel, dachte er vergnügt und suchte das Weite.

„Grüß dich, Alfred!"

Eine Stimme kam von überall her und umfing ihn.

„Wer bist denn du?"

„Na, das Weite. Du hast mich ja gesucht. So nebenbei gesagt: In mir und in dir ist alles möglich. Siehst du den blauen Berg da hinten, mit dem Gipfel im blauen Firmament? Der Olymp, für Götter, Dichter, Athleten, Funktionäre und so weiter. Gleich daneben und fast ebenso hoch gibt es eine Chef-Etage: vierzehnmal im Jahr zu viel von allem, aber es ist nie genug. Und was haben wir denn da Schönes? Einen Märchenwald mit einer verwunschenen Prinzessin, die nur so ausschaut wie eine Hexe, ein lustig lasterhaftes Lustrevier, einen Wünschelbrunnen, ein Häuschen im Grünen mit wonnigem Weib und putzigen Kindern, ein Freudenhaus mit freiem Eintritt überall hinein, Dank und Anerkennung, Ruhm und Ehre, heimliches

Glück, boomende Highlights, fun forever. Na und so weiter und so fort, alles eben, ich sagte es ja schon. Und das Beste daran: Du musst dich nicht gleich entscheiden. Es liegt an dir. Tu einfach den ersten Schritt."

Alfred tat wie geheißen und fiel in eine Schlangengrube.

„Oh", klang es von oben, „das tut mir jetzt aber leid! Ich habe vergessen, die Fallen zu erwähnen."

Die Schlangen hatten Alfred freundlich aufgefangen. Jetzt knüpften sie aus ihren schlanken Leibern eine Strickleiter. Eine alte Schlange mit grauer, schrundiger Haut kam näher und begleitete Alfred nach oben. „War nett, dich bei uns zu haben", züngelte sie in sein rechtes Ohr. „Ich bin übrigens die aus dem Paradies. Oh, man hat mir übel mitgespielt, weiß Gott! Aber es gibt mich noch immer. Gib bitte besser Acht auf dich, nächstes Mal."

Doch Alfred hörte am Ende nicht mehr richtig zu, weil er etwas Interessantes erspäht hatte, sehr bunt und sehr verlockend. Der Clown, groß wie ein Haus, lag bäuchlings auf der Wiese. Aus seinem Kopf ragten Antennen, in den Augen flimmerten alle Farben der Welt. Der Mund mit den dicken, grellrot geschminkten Lippen war geöffnet und die Zunge legte ihm einen roten Teppich zu Füßen. Alfred dachte keinen Augenblick daran zu widerstehen. Kaum war er eingetreten, schlossen sich die Lippen hinter ihm. Ein süßlicher Geruch kam aus der klaffenden Speiseröhre. Alfred konnte bis in den Magen sehen, wo halb verdaute Ebenbilder seiner selbst trieben, ihm zuwinkten und zuriefen: „Urkomisch das alles! Zum Brüllen lustig!"

„Was denn, wer denn?"

„Egal. Herein mit dir, es ist gar nicht kalt!"

Alfred streckte sich, wuchs über sich selbst hinaus und kitzelte den Gaumen des Clowns, bis ihn endlich ein heftiger Husten vor die Beine eines grell gekleideten jungen Mannes warf, der Alfred beunruhigend ähnlich schaute.

„Geile Landung, wie? Und auch noch auf dem Rummelplatz! Spaß ohne Limit! Gehört ja alles dir."

Alfred wollte nicht mehr.

„Schluss damit, bitte!"

„Auch gut."

Der junge Mann grinste. Die Schreckgespenster verließen die Geisterbahn und gingen in die Politik. Das Bier schmeckte fortan schal und säuerlich, die Irrgärten wurden zu Sackgassen und die Hochschaubahn sank flach und blind zwischen die Lärmschutzwände. Ein vormals verworfenes Weib trat näher, in nacktes Grau gehüllt.

„Gestern hättest du mich haben können. Heute musst du mich nehmen."

„Ich will aber nicht."

Alfred wandte sich ab und entfernte sich hastig. Verstohlen warf er einen Blick zurück. Da war nur noch ein wenig Asche.

Er ging geradeaus, weil ihm gerade nichts Krummes einfiel. Außerhalb des Rummelplatzes erblickte er eine kleine Stadt, dicht aneinandergedrängte Häuser, ringsum eine energische Mauer mit Wachtürmen und Stacheldraht ringsum. Auf der dürren Wiese davor saß einer, der ihm bekannt vorkam.

„Bist du aus der Stadt dort?"

„Ja. Man hat mich ausgesperrt und abgeschoben. Ist aber besser so für mich."

„Warum?"

„Da drüben wohnen die, von denen du nichts wissen willst, die du verleugnest und nicht siehst: selbstgerechte Richter, verlogene Prediger, gierige Asketen. Aber die sind noch lange nicht die Schlimmsten. Was rede ich. Du kennst sie ja alle."

„Kann ich mir nicht vorstellen."

„So? Kannst du nicht? Und von den schrecklichen Schläfern hast du wohl auch keine Ahnung?"

„Nein, um Himmels willen!"

„Lass den Himmel aus dem Spiel. Die Schläfer tun nichts, sind aber zu allem fähig, zu allem. Und sie träumen, träumen schlecht. Nur ein fadenscheiniger Fetzen Alltäglichkeit deckt sie zu, hüllt ihre Kälte ein. Du wirst sie doch schlafen lassen?"

„Ja. Andererseits: Wissen möchte ich schon ..."

Plötzlich sprang das Stadttor auf. Die Bewohner quollen hervor, allen voran der Bürgermeister, eine glänzende Schleimspur hinter sich her ziehend. „Oh, du unserer aller Alfred", rief er, „gepriesen sei die Stunde! Willkommen daheim! Hier! Der Schlüssel zu unserer Stadt! Und da! Ein paar kleinere Schlüssel für Nebentüren, Hintertüren, Kerkertüren, Keuschheitsgürtel und so weiter. Nicht zuletzt der Himmelsschlüssel ..." Der Bürgermeister beugte sich vor, sein Atem roch nach Weihrauch, Myrrhe und Moschus Wild Love. „Wir verstehen uns?"

Dann fuhr der Bürgermeister viele Tentakel aus, um Alfred zu umfangen und sich an seinen Blößen festzusaugen. Alfred biss den Bürgermeister in die Nase, trat gegen seine Schienbeine und würgte ihn. „Ja! Ja!", keuchte dieser, „mehr davon und stärker!" Alfred ließ sich fallen, tief unter seine Würde, und war endlich ganz außer sich.

„So ein Pech!", seufzte der Bürgermeister, sorgte für eine Gedenktafel mit goldenen Lettern und zweimal im Jahr gab es fortan ein Fest in der Stadt: War Alleralfred gekommen, trugen sie ihn mit Bildern und Statuen durch die Gassen und tags darauf – Alfredseelen – begruben sie den Plunder klaftertief und gedachten seiner.

3 ||

Alfred sprang hastig über den eigenen Schatten und rannte, rannte rund um seine Welt, und als er Alfred vor sich stehen sah, fiel er sich in den Rücken, rannte sich nieder, ließ sich links liegen und stürzte daneben hin, weil er nicht mehr konnte.

Ein Polizist kam näher, blieb stehen und erließ eine Verordnung.

„Das geht nicht."

„Warum nicht? Ich bin müde."

„Das ist ein Gehweg. Also geh."

Der Polizist kramte in seiner Bereitschaftstasche, weil er meinte, dass noch nicht alles gesagt sei.

„Irgendwo wohnhaft?"

„Nein, nicht mehr."

„Brauchst du Rat? Möchtest du wissen, wohin ..."

„Nein, nichts will ich wissen, nie mehr will ich etwas wissen."

Alfred beschloss, sich zu betrinken.

Im Wirtshaus ging es lustig zu, weil die Männer am Stammtisch das lustig fanden. Alfred machte sich lächerlich: Er fiel aus allen Wolken, fiel mit der Tür ins Haus und fiel aus dem Rahmen. Das fiel auf und er durfte sich zu den lustigen Männern setzen. Einer von ihnen, der Lustigste von allen, hatte sich schon oft und oft zu Tode gelacht und lebte noch immer, ein anderer durfte sich der Erfindung der abwaschbaren, immer wieder verwendbaren Pointe rühmen: geschmacklos, gedankenlos, ruchlos. Und dann gab es noch jenen, über den man herzlich lachen konnte, weil er für sein Beginnen nie ein Ende fand oder das Ende für den Anfang hielt und dann auf halbem Wege dalag, unterhaltsam hilflos in sich selbst verstrickt.

Alfred trank, hörte nicht richtig zu, schaute nicht wirklich hin, trank und lachte dann und wann vorsichtshalber. Das fanden die anderen nicht gar so lustig. Sie stießen ihm die Fäuste in die Rippen, zwickten seine Wangen und drückten seine Nase platt. Als das nicht half, spuckten sie in sein Bier, warfen eine Fliege in seinen Schnaps und pantschten seinen Wein mit Wermutstropfen. Alfred, schon ziemlich angetrunken, griff versehentlich nach dem Bierglas eines anderen, gab der Fliege noch einen Tag zu leben und fand den bitteren Wein sehr apart. Allmählich wurde es still um ihn. Nur leise raunte man sich böse Geschichten über Alfred ins Ohr, manche wandten sich ab, um sich ihr eigenes Bild von ihm zu machen, und einer erhob sich unauffällig, ging zur Seite und erstattete Meldung, dass da jemand nicht so sei wie sie.

Alfred spürte eine sanfte Berührung und hörte eine leise Stimme.

„Die da sind nichts für dich. Komm mit mir."

Hinter der Gaststube gab es ein Extrazimmer, hinter dem Extrazimmer ein Hinterzimmer und dahinter, matt erleuchtet, eine Dunkelkammer.

„Willkommen im Reich der Finsternis! Wer immer du bist: Du hast einen Freund in mir. Ich bin doch eingeladen?"

Alfred beschied sich mit einer unbestimmten Geste.

„Ja dann!"

Alfreds Freund pfiff den Wirt herbei.

„Zwei wackere Gläser von deinem alten Glenfiddich! Und wage es nicht, mich zu betrügen. Ich war zwei Jahre in den Highlands."

Der Wirt rieb sich die Hände.

Dann standen die Gläser da, dann saßen die beiden da.

„Dein Name, vertrauter Fremder?"

„Alfred."

„Wie schön. Mein Name tut nichts zur Sache. Verkommen im Suff, verloren zwischen Schein und Sein, versickert in der Sprachlosigkeit dieser geschwätzigen Welt. Seltsam, diese Begegnung, wie?“

„Ja ... auch ... vielleicht ...“

„Zwei einsame Wölfe, eine Höhle. Und morgen streunt wieder jeder für sich. Doch heute Nacht, da heulen wir den Mond an, fallen über brave Bürger her, reißen sie in Fetzen und nehmen uns ihre Weiber.“

„Ja? Wirklich?“

„Sie wollen es nicht anders. He, Wirt! Die Gläser gefüllt!“

Alfreds Gegenüber trank und senkte den Kopf. „Oder wir betteln um ein kleines, dreckiges Stück Glück. Du hast nicht zufällig etwas Kleingeld für mich? Oder ein paar Scheine? Da bin ich nicht so.“

„Nein, leider.“

Alfreds Gegenüber spuckte aus.

„So ist das immer mit Leuten wie dir! Spielen den feinen Binkel, den guten Freund, aber wenn’s darauf ankommt, zeigen sie dir den nackten Arsch. Scher dich zum Teufel!“

Zum Teufel ... endlich ein klares Ziel vor Augen! Alfred erhob sich und trat düster flammenden Auges seine Pilgerreise an. Als er zurück in die Gaststube kam, war sie voller Menschen. Unversehens wandelte sich sein Sinn. Seidig schimmernden Blicks und mit Balsam in der Stimme rief er:

„Bier und Wein für alle Gäste! Schnaps für die Herren! Likör für die Damen! Champagner für alle! Überhaupt alles für alle, immer wieder, für immer und in alle Ewigkeit. Amen!"

Das Volk spendete Beifall, liebte ihn, verehrte ihn und glaubte an ihn. Alfred wurde berühmt und begehrt. Doch als er endlich Bundespräsident werden wollte, hatte das Volk genug getrunken und war gegangen.

Alfred blieb und trank noch eine Weile vor sich hin. Nach und nach kam alles näher, wurde zahm und ließ sich streicheln. Alfred weinte ein wenig und schlief ein. Als er aufwachte, sah er den Wirt vor sich aufragen.

„Der Herr wünschen zu zahlen?"

„Wie viel?"

„Eine Million."

„Meinetwegen zwei. Aber ich habe nichts."

„Das ist zu wenig."

Der Wirt packte Alfred an Kragen und Hosenboden und warf ihn vor die Tür. Dort kam er bäuchlings zu liegen. Die Welt roch feucht und dreckig. Alfred fing gerade an, das interessant zu finden, als er eine Schuhspitze spürte.

„Du schon wieder!“

Die Stimme des Polizisten klang müde. Er hatte in dieser Nacht bereits einen Tagedieb ertappt, ein öffentliches Ärgernis verhüllt und war von einer schönen Parksünderin hinters Licht geführt worden.

Alfred grinste entwaffnend.

Den beiden fiel eine Weile nichts ein, was sie einander hätten sagen können. Dann seufzte der Polizist.

„Du bist mir einer!“

„Ich weiß.“

*

Alfred stand auf, ging seiner Wege, und weil das auch schon egal war, begann er damit, sich zu verkaufen. Auf einem Marktplatz stellte er sich auf eine leere Apfelkiste.

„Frisches vom Alfred hätten wir da! Nur hier und nur heute im exklusiven Sonderangebot! Absolut einzigartige Einzelstücke in der Originalverpackung! Wertlos, doch begehrenswert, unbrauchbar, doch mit Gebrauchsanweisung!“

Bald darauf war Alfred ganz gut im Geschäft: Seine Stimme verschacherte er an einen Stimmviehhändler, seine Hintergedanken verriet er an einen nicht näher genannten Geheimdienst und seine Träume beflügelten einen heruntergekommenen Gott. Alfreds Schweigen konnte ein Schwätzer gut gebrauchen, der sich fortan als Prophet versuchte. Alfreds Sünden kamen im Vatikan unter und wurden seliggesprochen.

„Gibt es dich auch geschenkt?“, fragte ein buntes Fräulein.

„Diesmal nicht. Ich brauche das Geld. Aber du kannst später wiederkommen.“

Als beinahe alles verkauft war, blieb nur noch das Kostbarste: eine scheue, schamlose Zärtlichkeit. Ein weltumspannender Konzern griff nach ihr, zog sie nackt aus, sog und presste und destillierte aus ihr jene Aromen, nach denen heutzutage Geruchloses riecht und Geschmackloses schmeckt.

Alfred, diesem reichen Sack, war das egal. Er ließ sich ein Schloss bauen und sorgte dafür, dass es ihm gut ging. Ein Modeschöpfer schneiderte ihm Schöpfungsgeschichten auf den Leib, ein Kochkünstler füllte ihn mit Kunstwerken und ein Beichtvater entsorgte seine Laster, um Platz für neue zu schaffen. In Alfreds Tafelrunde machten sich die Mächtigen breit, hielten die Hohlköpfe ihre hohen Stirnen ins Licht und die Schönheit der Damen war blendend, bestürzend und betäubend. Wenn es Abend wurde, öffneten Wärter die Zwinger und scheuchten schwarze Schwäne über dunkle Teiche. Musikanten, Mimen und andere Narren taten ihr Bestes für gutes Geld und unzählige livrierte Lakaien glitten, edlen Mirakelkarpfen gleich, durch üppig flackerndes Kerzenlicht.

Natürlich wusste Alfred, dass ihn seine Bediensteten betrogen und bestahlen. Das störte ihn aber nicht, solange sie all das ergaunerte Geld und Gold in die schlosseigenen Lustanstalten und Habgiershops trugen.

So ging das Tag für Tag und Nacht für Nacht und irgendwann wurde es Alfred zu bunt. Er durchforschte sein Schloss, weil er irgendwas finden wollte, das er noch nicht bis zum Überdruss kannte. Doch die geheimen Gänge hinter den Tapetentüren führten alle ins Büro des Schlossverwalters und in den versteckten Kammern und Kemenaten unter dem Dach waren nur Vergnügungen aller Art gestapelt, mottensicher verpackt und wohlsortiert nach Spaßfaktor, Wow-Effekt und Ablaufdatum.

Schleppenden Schrittes drang Alfred in die Kellerräume seines Schlosses vor. Ein paar Leichen lagen da, doch sie stammten nur aus dem Depot des Schlosstheaters. Im Verließ reckte eine angekettete Elendsgestalt die dürren Arme gen Himmel. Alfred hielt wohlig fröstelnd inne.

„Was machst denn du hier?“

„Meinen verdammten Job. Könnte der Herr doch wissen.“

Allmählich war Alfred müde geworden, auch recht traurig. Immerhin gelang es ihm, sich zu verirren. Schließlich fand er sich vor zwei Türen wieder, eine für Männer, eine für Frauen. Alfred ging durch die seine und drang unerschrocken in die Tiefe vor. Er durchmaß ein ausgedehntes System übler Machenschaften und dunkler Kanäle, verweilte in träge blubbernden Auffangbecken, bis ihn schmutziger Überfluss noch weiter nach unten schwemmte. Am Ende der Reise gelangte er ans Ufer eines breiten Stromes.

Charon saß in seiner Fähre und las im Börsenkurier.

„Zwölf Kreuzer, die du nicht hast, kostet die Überfuhr, Alfred“, sagte er schweigend. „Außerdem: Du stinkst nach Leben.“

„Ja dann!“

Alfred griff nach einem der roten Äpfel, die zuhauf neben Charons Kahn am Ufer lagen.

„Finger weg! Die gehören zur Rache der toten Schweine. Jeder Mensch, den ich nach drüben bringe, bekommt einen ins Maul gesteckt. Und jetzt scher dich nach oben!“

4 ||

Bei Licht betrachtet war Alfred erloschen. Er war einfach zu weit weg gewesen, zu hoch oben und zu tief unten. Der Schlossverwalter, der Steuerprüfer und der Gerichtsvollzieher hatten sich längst ihrer Ämter entledigt und ein Joint Venture zwecks rentabler Resteverwertung gegründet. Das Meldeamt registrierte Alfred als abgemeldet und die Polizei wollte nichts mehr von ihm wissen.

Das war nicht weiter schlimm und hatte nicht viel zu bedeuten. Aber Alfred hatte Kälte von Charons Ufer mitgebracht. Sie überzog ihn mit Raureif, kroch tiefer und unversehens war Alfred gefroren. Immerhin: So würde er nur sehr, sehr langsam verderben. Taute er aber auf, würde alles ganz schnell gehen: das Verfaulen, Verschimmeln, Verrotten. Auch nicht übel, überlegte er: Erde am Ende, mit ungebärdigem Leben und hungrigen, durstigen Wurzeln darin.

Alfred hielt still, weil er nicht anders konnte, und dachte nach, weil ihm nichts Besseres übrigblieb. Doch dann spürte etwas an seiner rechten Wange, das ihm vertraut vorkam: feines Fell.

„Grüß dich, Alfred! Lange nicht gesehen, wie?“

„Die Wanderratte! Wie hast du mich bloß gefunden?“

„Man möchte es kaum glauben: Ich habe dich gesucht. Einfach war es übrigens nicht.“

„Jetzt sag, erzähl: Was macht die Müllhalde?“

„Nichts mehr. Verschwunden, umgegraben, umgewidmet, begrünt. Recreation Area, weiß der Teufel, was das sein soll.“

„Und die Krone?“

„Die hat's ganz gut getroffen, drüben in Amerika. Irgendein Präsident, soviel ich weiß.“

„Wie geht es dem Weisen vom Müllberg?“

„Hat ziemlich abgewirtschaftet, der gute Mann. Betreibt jetzt auf halber Höhe ein Nostalgie-Geschäft. Als endgültig keiner mehr etwas von ihm wissen wollte, hat er aufgeklaubt, was so herumgelegen ist: verbogene Töne, leere Wörter, verlogenes Gefühl. Jetzt macht er mit seinen original lustigen Müllbergdodeln auf der allerweil fidelen Müllbergalm Wegwerfmusik. Längst auch im Fernsehen. Ich soll dich übrigens von ihm grüßen. Du bist eingeladen. Ein kleines Getränk inklusive.“

„Und du?“

„Wie das eben so läuft bei uns Ratten. Hungrige Kinder aufziehen, lausige Männer entsorgen und selbsternannten Alpha-Ratten zeigen, wo der liebe Gott wohnt. Und dann zu allem Überdruss auch noch dieses kurzgeschorene, herausgeputzte, chemisch gereinigte Grünland! Aber unsereins ist ja flexibel. Hab ich mich eben verändert und war lange Zeit ein großes, kleines Tier in der Lebensmittelindustrie. Ein Rattentraumland, lass dir das gesagt sein! Unsere gute alte Müllhalde in Ehren, aber da spielt sich's wirklich ab. Allerdings ... der RAD ist auch nicht ohne.“

„RAD?“

„Rattenabwehrdienst. Die Sache mit den Fallen und dem Gift ist ja fast schon langweilig. Aber die setzen sogar gezähmte Ratten als Undercover-Agenten ein. Teuflisch! Doch lass dir das gesagt sein: Wenn's drauf ankommt, ist auch die zahmste Ratte solidarisch. Mit Ratten, nicht mit Menschen.“

„Und warum bist du nicht mehr dort?“

„Fett und unförmig bin ich geworden. Da hat nicht einmal das Fitnessstudio genützt. Und schließlich war da noch was. Einmal bin ich ins große Tanklager vorgedrungen. Und plötzlich hat es so ungeheuer gut gerochen.

Gut, sag ich? Betörend, bezaubernd, verführerisch, sündhaft, unwiderstehlich! Na ja, schon auch irgendwie übertrieben, unecht. Aber das war mir egal. Ich habe ein Loch in den Plastiktank genagt und dann gefressen und gesoffen bis zum Umfallen. Übrigens war ein Aufkleber am Tank: ‚Zärtlichkeit, scheu, schamlos.' Kommt dir das bekannt vor?"

„Oh verdammt, ja!"

„Ich hab's mir fast gedacht. Aber das im Tank warst ja nicht mehr du, das haben sie aus dir gemacht. Jedenfalls hab ich zu viel davon erwischt. Wir Ratten halten viel aus. Aber diesmal ..."

„Nein!"

„Doch. Und es dauert schon viel zu lange mit dem Sterben für meinen Geschmack. Wir Ratten sind ja zäh. So eine Katze mit ihren sieben Leben ... erstens gelogen, zweitens lachhaft. Jedenfalls hab ich mir gesagt: Bevor es anfängt, langweilig zu werden, geh einen alten Freund besuchen. Und jetzt bin ich da."

„Und es gibt kein Gegenmittel?"

„Doch. Ich soll dich einfach beißen, hat mir die Medizinalratte gesagt. Will ich aber nicht."

„Wenn's nicht allzu weh tut ..."

„Dir vielleicht nicht, aber mir."

Die Ratte schwieg eine Weile. Dann pfiff sie leise.

„Ich versteh nicht."

„Vorletzte Worte in Rattenkreisen. Ich pfeife aufs Leben. Es wird bald einmal vorbei sein. Aber wir sehen einander ja wieder."

„Glaubst du daran?"

„Nein. Aber es macht Spaß, davon zu reden. Stell dir das vor, mein Lieber: Wolken, weiß und fett wie Speck, rosarote Ratten, geflügelt, versteht sich, sie pfeifen wie Orgelklang und es regnet einfach alles, was unsereinem so schmeckt. Schöner Unsinn, nicht wahr? Zur Hölle mit dem Himmel. Aber vielleicht find ich ja in dir was zum Wohnen, nachher? Untermiete, irgendwo ganz hinten, hinter den Hintergedanken ..."

„Lieber nicht. Ich hab's ziemlich kalt derzeit."

„Das ließe sich ändern, vielleicht."

„Aber wie denn?"

„Frag mich nicht. War nur so eine Idee."

Alfred spürte, dass er sich bewegen konnte. Er nahm die Ratte zwischen die Hände.

„Ein Nest, wenn's recht ist?"

„Mhhh ja ... typisch Mann übrigens, kommt erst auf die besten Ideen, wenn es schon ziemlich spät ist. Etwas anderes: Wenn ich dann hinüber bin ... wohin mit dem Rest? Gehört sich ja nicht, einfach so tot dazuliegen. Die Menschen fürchten sich und das Essen schmeckt ihnen nicht mehr."

„Ich grab dich ein, feierlich, und ich pfeif dir nach, so gut ich kann."

Alfred wartete auf eine Antwort. Aber da war nichts mehr. Er blieb lange still sitzen. Dann tat er, was er versprochen hatte.

Als er nicht mehr ganz so traurig war, spürte er Hunger. Und irgendwo sein und bleiben wollte er auch. Alfred ging erst einmal seiner Nase nach, doch die führte ihn an der Nase herum. Als er einen Wegweiser um Rat bat, wurde er abgewiesen. Dann lief er einem Führer hinterher, erkannte aber bald, wohin das führte. Vom Pfade der Tugend kam er ab, auf der Straße der Mächtigen geriet er unter die Räder und auf der Zielgeraden wurde er disqualifiziert, weil er nie an den Start gegangen war. Endlich tat sich ein Irrweg auf und ließ ihn einen Ort finden, der ihm vertraut war: Ecke Kaiserstraße Myrthenallee. Ein neuer Mistkübel war dort montiert worden, glänzend vor Diensteifer und unbeugsam in seiner Pflichterfüllung. Alfred grüßte ihn brüderlich, nahm auf dem Gehsteig Platz und schlief ein.

*

Er träumte verwegen, erwachte verwirrt und sah vor seinen Schuhen einen roten Apfel liegen. Alfred griff nach ihm, wischte die Schale am Rockärmel blank und verzehrte die reife Frucht. Der süße Saft tropfte von seinem Kinn. Er hörte ein sehr leises Rascheln aus dem Gebüsch hinter seinem Rücken, drehte sich um und erkannte die alte Schlange aus der Schlangengrube.

„Grüß dich, Alfred!", züngelte sie, „hat dir mein Apfel geschmeckt?"

„Oh ja, und danke!"

„Nichts zu danken, so bin ich eben. Das Obst stammt übrigens vom ehemaligen Baum der Erkenntnis im ehemaligen Paradies. Lustig geht es heute dort zu, sag ich dir! Dem Engel mit dem Flammenschwert ist es eines Tages zu dumm geworden. Jetzt macht er an der Balkanroute sein Geld. Und das gewesene Elysium? Wildwuchs, wohin man schaut, jeder tut, was er will – natürlich auf Kosten der anderen. Kein Gott oder Teufel fährt drein. Den Apfel in deinem Bauch kannst zu beruhigt verdauen: viel Wasser, wenig Zucker, Ballaststoffe, Vitamine, aber keine Spur von aufmüpfiger Erkenntnis. Na ja, für ein paar unheilige Ideen ist er vielleicht noch gut. Passt womöglich sogar in deine Lebensplanung. Was hast du denn so vor?"

„Nichts. Wer nichts hat, hat nichts vor."

„Matthäus 5, 3 ..."
„Was steht da?"
„Selig, die arm sind vor Gott, denn ihnen gehört das Himmelreich."
„Und was hab ich davon?"
„Gute Frage. Klare Antwort: Nichts. Gesegnete Habgier wünsche ich! Der Apfel wirkt schon. Viel Erfolg und so weiter, gehab dich wohl!"
Tatsächlich: Alfred bemerkte, dass er ein anderer geworden war, nicht sehr anders, aber doch. Ja dann! Kühlen Mutes und leichten Sinnes begab er sich zum reichsten Mann der Stadt und ließ vermelden, dass er für ihn zu sprechen sei, jetzt oder nie wieder. Der reiche Mann ließ Alfred eintreten.
„Nun? Ich habe wenig Zeit."
„Wenig Zeit? Das war's dann wohl."
Alfred wandte sich zum Gehen.
„Halt. Bleiben Sie!"
„Also, es ist so: Ich hätte gerne hin und wieder eine Wurstsemmel und ein Bier. Ich habe aber kein Geld, nur ein Geschäftsmodell."
„Ich höre."
Am Ende eines langen Gesprächs, getragen von wechselseitiger Wertschätzung, Abschätzung und Einschätzung, ließ der reiche Mann seine Anwälte kommen. Ein Vertrag wurde auf-

gesetzt und unterschrieben. Alfred ging dorthin zurück, woher er gekommen war. Über die ersten Tage half ihm der Mistkübel mit fast noch frischen Lebensmitteln hinweg. Doch dann lud eine Karawane ihre Schätze ab: Ein Schwerlastkraftwagen brachte einen Sack Taschengeld, Wurstsemmeln, Bier und vor allem Alfreds umfangreiche Allgemeine Geschäftsbedingungen. Ein Lieferwagen schaffte Informationsbroschüren herbei: schlicht, doch von gediegener Eleganz, in limitierter Auflage und handgedruckt. Aus dem Fenster einer Limousine wurde eine flache Mappe mit dezent geprägten Antragsformularen gereicht und aus dem Busch hinter seinem Rücken trat ein unauffällig gekleideter Mann auf Alfred zu und schob ihm ein schmales Kuvert aus feinstem Bütten in die Rocktasche: die Antragsanerkennungsschreiben.

Monteure trieben mit wuchtigen Schlägen zwei schlanke Säulen aus poliertem Edelstahl in den Asphalt neben dem Mistkübel, befestigten eine Tafel und warfen ein dunkelrotes Tuch darüber. Alfred trat ruhigen Schrittes vor, neigte fast unmerklich den Kopf, nahm das rote Tuch mit spitzen Fingern, enthüllte die Tafel und trat zurück. „Alfreds kleine, feine Bettelei“, stand da zu lesen.

5 ||

Erst lachten die Menschen darüber und fragten sich, was das denn zu bedeuten habe. Alfred lächelte fein und verwies auf den jungen, gut gekleideten Mann an seiner Seite. Der Sekretär verwies auf die Informationsbroschüre, deren Aushändigung allerdings mit einem formlosen, doch sorgfältigen Prüfungsverfahren verbunden sei. Es genüge vorerst, Namen und Adresse bekanntzugeben, Beruf, Alter, Familienstand, Barvermögen, Religion und allfällige Vorstrafen, sexuelle Vorlieben, Neurosen und Mitgliedschaften. Die Menschen empörten sich und Alfreds Bettelei wurde zum Skandal. Der Sekretär gab eine Pressekonferenz und betonte, dass es Alfred lediglich wichtig war, sein – zugegebenermaßen elitäres – Unternehmen von der sattsam bekannten Konkurrenz abzugrenzen, der er im Übrigen alles Gute wünsche. Ein Journalist brachte Alfred zu Papier, ein Radio-Moderator gab ihm eine Stimme und das Fernsehen setzte ihn ins Bild. Allmählich wurden die Leute mit Alfred, seiner Tafel und seinem Sekretär vertraut, Stadtführer blieben vor ihm stehen und erzählten die wunderlichsten Geschichten. Alfred wurde zu einem beliebten Fotomotiv. Doch es sollte Wochen dauern, bis ein erster Bürger stolz und scheu vortrat und wenig später die Informationsbroschüre in Händen hielt. „Herzlichen Glückwunsch“, stand da zu lesen, „Sie haben den ersten Schritt getan. Sie sind uns wichtig! Darum nehmen wir uns viel Zeit für Sie. Vereinbaren Sie bitte einen Termin mit einem unserer geschulten Mitarbeiter. Gemeinsam wollen wir eine sorgsame Analyse vornehmen: Spendenprofil, Wohltätigkeitspotential, Lustverhalten und Leidensfähigkeit. Als Ergebnis dieser gewiss für alle Seiten bereichernden Erfahrung werden Sie Ihr exklusives Antragsformular erhalten. Wir bitten Sie jedoch schon jetzt um Verständnis dafür, dass nur eine sehr, sehr kleine Anzahl von Anträgen angenommen werden kann. Dennoch: Der Weg ist das Ziel.“

Allmählich wuchs die handverlesene Schar der verbrieften Antragssteller. Sie gründeten einen noblen Club mit strengen Regeln und kuriosen Riten. Dann und wann raunten sie einander zu, dass es schon auserwählte Spender geben solle, deren Namen aber streng geheimgehalten würden. Mythen rankten sich um deren solitäre Erscheinung, ihr furioses Vermögen und ihre horrende Hochherzigkeit.

Für Alfred war bald ganz gut gesorgt: Er besaß einen weltumspannenden Bäckerei-Konzern, die vereinigten Wurstfabriken, tausendundeine Bierbrauerei und einen mit Diamanten besetzten Flaschenöffner.

Der reichste Mann der Stadt war noch reicher geworden. „Mein lieber Alfred“, sprach er eines Tages, „du fährst eine verdammt halsbrecherische Strategie und du fährst gut damit. Alle Achtung.“

Verdattert biss Alfred in eine seiner unzähligen Wurstsemmeln. Das war wieder einmal zu viel von allem. Ohne Umschweife ging er ans Werk. Er verschenkte Unsummen an die Armen, spekulierte mit wertlosen Aktien und windigen Währungen, investierte in haltlose Unterfangen und ruinöse Abenteuer. Er ließ sich mit Halsabschneidern, Betrügern und Beutelschneidern ein und erstattete auf dem Finanzamt Selbstanzeige. Dafür bekam er eine wohldotierte Auszeichnung, wurde mit Ausschüttungen überschüttet und die schlechte Gesellschaft, in die er sich begeben hatte, sparte nicht an Schmiergeld, Schweigegeld und Schwarzgeld. Als dann der Postbote auch noch eine finanzamtliche

Gutschrift brachte, hatte Alfred genug. Er rief seinen alten Freund von der Müllabfuhr herbei. Die beiden schaufelten alles in den großen Lastwagen und Alfred nahm auf dem Beifahrersitz Platz.

Der Mistmann gab Gas.

„Warum grinst du so dreckig, Alfred?“

„Weil ich hier sitze, in einem Dienstwagen der städtischen Müllabfuhr. Darf nicht jeder! Gibt es was Schöneres?“

„Kaum.“

Wenig später kippten sie die Geldsäcke, Aktienbündel und Kontoauszüge vor eine Wirtshaustür. Alfred betrat energisch die Gaststube, erblickte seine Mitsäufer von damals und den Wirt. Lässig warf er den mit Diamanten besetzten Flaschenöffner auf die Schank.

„Ich habe noch Schulden hier. Die bezahle ich jetzt. Mit Zins und Zinseszins. Mit Säumniszuschlag und Reinigungsgebühr. Und ordentlich Trinkgeld. Draußen liegt übrigens noch mehr.“

Der Wirt ging vors Haus und rieb sich die Hände.

„Das wird sich ausgehen. Es bleibt sogar was übrig.“

„Ja dann! Lokalrunde für alle, bis nichts mehr da ist!“

Der Wirt verneigte sich bis zu den Zehenspitzen.

„Sehr freundlich, der Herr. Beehren Sie uns bald wieder, wann immer Sie möchten. Jetzt haben Sie ja auch Kredit!“

„Nein.“

Der Wirt legte seinen Arm vertraulich um Alfreds Schultern. „Wer wird denn so nachtragend sein!“

„Bin ich gar nicht. Aber ich möchte in Zukunft überhaupt nichts mehr.“

„Wirklich nichts?“

„Und nichts wirklich.“

*

Alfred hatte noch ein paar Münzen in der Tasche. Er kaufte sich eine Fahrkarte aus der Stadt und hinter die Welt. Dort angekommen, besetzte er friedlich ein Stück Niemandsland, dachte sich ein paar Mauern zurecht, nahm die gefalteten Hände als Dach und zog ein. Unterstandslose Möbel kamen ins Haus und blieben, weil sie Alfred mochten. Stille trat ein, setzte sich an den Küchentisch und nickte stumm, als Alfred fragte, ob sie ihn heiraten wolle. Doch ihre Lust aneinander versickerte irgendwann im Gemüsegarten hinter dem Haus. Von da an blieb Alfred für sich allein. Weil ihn nichts mehr betraf, bröckelten die Mauern rings um ihn, das Dach ließ den Himmel herein. Alfred nahm das Moos auf seinen Schuhen nicht wahr, scherte sich nicht um das Buschwerk auf seinen Knien, der Jungwald auf seinen Schultern durfte wachsen, wie er wollte, und das Dickicht vor seinen Augen mochte er nicht sehen. Als der Briefträger kam, beschied ihm Alfred, dass er leider nicht anzutreffen sei, und als das bunte Fräulein einherflatterte und auf seiner Nasenspitze landete, nieste er es hinweg. So war denn endlich Ruhe eingekehrt und Alfred lehnte sich entspannt zurück. Er fiel in einen tiefen, traumverlorenen Schlaf. Bald umwucherte ihn dichtes, dorniges Gehölz, ein dunkler Wald ließ seine Wipfel im Wind raunen und rauschen. Nach hundert Jahren oder mehr kam ein Prinz des Wegs geritten, beugte sich gespitzten Mundes über die ruhende Gestalt, schaute genauer hin und entfloh, gellende Schreckensrufe auf den Lippen. Noch einmal hundert Jahre später kam der Förster und trug Alfred frohlockend ins Forsthaus zur Försterin, damit ihm selbst endlich mehr Zeit für die Jagd blieb. Die gute Frau wusch, rasierte und frisierte ihren Gast und es wäre weiß Gott was noch geschehen, hätte sich Alfred mit dem Rasierwasser des Försters abfinden können, mit dem er verschwenderisch benetzt worden war. So aber murmelte er Dankesworte und machte sich davon.

Ein Wolfsrudel nahm ihn auf. Alfred hätte es durchaus zu einer mittleren Führungsposition gebracht, wäre er dazu bereit gewesen, sich mit ehrgeizigen Mitwölfen und Mitwölfinnen knurrend und zähnefletschend zu messen. Es schmeckte ihm nicht, einsame Wanderer zu reißen, zu zerfleischen und deren Knochen abzunagen. Überdies fand die Geschichte mit dem Rotkäppchen nicht seine Zustimmung, und das sagte er seinen Mitwölfen in aller gebotenen Deutlichkeit. Er ließ sich nicht das Maul verbieten, geriet an den Rand der wölfischen Gesellschaft und wurde eines Nachts verstoßen. Einsam streunte er durch die Wälder, bis er unvermutet auf eine freundliche Lichtung kam. Dort hielt er, wurde sesshaft und gründete eine Beratungsstelle für Problembären. So fand Alfred sein Auslangen, war nicht nur unter Bären gern gelitten und ruhte in sich selbst.

Das mit dem Regentropfen war natürlich Pech. Er landete leichthin auf Alfreds rechter Schulter, als er vor die Tür trat, und brachte ihn aus dem Gleichgewicht. Alfred wusste nicht, wie ihm geschah, taumelte, stolperte und fiel hin. Es war Sommer, der Boden war feucht und warm, roch nach trägem Begehren. Alfred lag eine Weile da und atmete tief. Dann stand er auf, überließ den Bären zum Trost seinen Schreibtisch und schnürte sein Ränzel.

Schon ein paar Bäume weiter kam er unter die Räuber. Sie hielten ihn fest mit ihren groben Händen und leerten seine Taschen.

„Wie? Kein Geld? Dann her mit deinen Liedern, denn auch böse Menschen wollen so was haben! Auf deine Bilder werden die Räuberkinder mit ihren kleinen Pistolen schießen. Deine Wünsche spießen wir auf unsere Dolche und braten sie über dem Feuer. Und diese Träume da, die taugen weniger als nichts. Wir werfen sie in den Fluss und lassen sie ersaufen."

Später, als die anderen schliefen, setzte sich der Räuberhauptmann, ein trauriger Riese, zu Alfred und starrte ins Feuer.

„Jeder fängt klein an, nicht wahr? Tagedieb war ich, dann Nachtdieb, Quacksalber und Rosstäuscher. Erst viele grausame Lehr- und Wanderjahre später habe ich es zum Raubritter gebracht: ein besserer Herr, sozusagen. Aber das war einmal. Heute bin ich weiter und pfeife auf das verlogene Theater. Nur noch Räuber, echt und ehrlich, anständig böse und bodenständig brutal. Da weiß jeder, was er an mir hat. Einmal bin ich zu einem Haus gekommen ... so eins mit weißen Gardinen in den Fenstern und allerliebstem Grün ringsum. Den Garten habe ich in den Wind geworfen, das Dach mit bloßen Händen aufgerissen und die Mauern, Fenster und Türen ausgelacht. Am Ende war nur noch die Bewohnerin übrig. Nie werde ich vergessen, wie sie vor mir stand, nackt und schaudernd. Na gut. Ich bin ein höflicher Mann. ‚Gestatten Sie, mein schönes Gegenüber', habe ich gefragt, ‚dass ich Sie an mich reiße, raube, entführe, in meine Höhle zerre, aufs Bärenfell werfe und Feuer an Leib und Seele lege?'"

„Und?"

Der große, böse Mann schwieg lange. Er starrte auf seine schmutzigen Hände, auf seine schmutzigen Schuhe, warf Holz ins Feuer und auf seinem Gesicht tanzten rote Schatten.

„Was soll ich sagen? Drei Tage und drei Nächte hat sie bei mir gewohnt."

„Und dann?"

Der Räuber stand auf und wandte sich ab. „Sie hat nachhause gewollt, weil sich einer sonst kränken würde. Einer wie Sie, mein Herr."

6 ||

Im ersten Morgengrauen brachen die Räuber auf. Der Hauptmann rieb sich den Schnaps aus den Augen. „Nichts für ungut. Jeder hat seinen Beruf."

Alfred verließ den Wald, folgte der nächstbesten Straße und erreichte eine Bushaltestelle. Hier könnte er weiterkommen. Aber er hatte kein Geld. Vielleicht ließ der Fahrer mit sich reden? Alfred wartete. Der Bus kam, hielt, eine junge Frau stieg aus und ging auf Alfred zu.

„Vergiss den Bus, mein Lieber. Mit mir kommst du besser voran."

„Versteh ich nicht."

„Wird schon werden. Also, ich bin eine gute Fee auf ihrer turnusmäßigen Rundreise. Du hast so einiges hinter dir."

„Und ob."

„Das, mein Guter, qualifiziert dich zu einem Referenzprojekt. Mehr davon später. Erst einmal schaffen wir brauchbare Voraussetzungen und tun etwas für dich. Gratis und unverbindlich, versteht sich. Also ... das Pflegeprogramm übernehme ich von der Förstersfrau – ohne Rasierwasser, versteht sich. Für dein Outfit – heutzutage muss es ja Englisch sein – sollte ein moderates Upgrade genügen: arm, aber reinlich, mit einem Touch von flotter Vagabondage. Mehr wäre lächerlich. Ja ... und noch etwas: Alles, was du dereinst verkauft hast, Bruder Leichtsinn, wirst du morgen früh unter dem Kopfkissen finden."

„Zu spät."

„Die Ratte, ich weiß."

Sie blätterte in ihren Unterlagen.

„Was hätten wir da noch? Ach ja, die Räuber: Du bekommst deine Sachen wieder."

„Und wie kommen die dann durch?"

„Kein Problem. Das erledigt eine ziemlich handfeste Kollegin von mir, spezialisiert auf die härteren Fälle. Alles lässt sich nicht zurechtbiegen. Aber dieser Räuberhauptmann hat das Potential zu einem herrlich unverschämten Hallodri mit reizvoll sublimiertem Gewaltpotential. Doch zurück zu dir, oh du mein Alfred! Gehn wir erst einmal essen? Hunger ist ein schlechter Ratgeber. Keine Sorge, geht alles auf meine Rechnung. Lass es dir schmecken, aber trink nicht zu viel. Später hast du dann ja noch drei Wünsche frei, wie das eben so ist bei Feen. Du wirst einen klaren Kopf brauchen."

Die beiden aßen einträchtig. Nach einer guten Weile hob die gute Fee ihr Glas. „Auf dein Glück, mein Guter! Wie ist das nun mit deinen Wünschen? Nur frisch heraus damit! Ich werde sehen, was sich daraus machen lässt.“

Alfred musste nicht lange nachdenken.

„Ich bin gekommen und ich möchte bleiben.“

„Sollte kein Problem sein. Hier ist mein Angebot: Drei Monate kostenlos, dann moderate Gebühren. Mit anderen Worten: Du trägst selbst etwas bei. Kostet nicht die Welt, bringt soziales Ansehen und tut auch dem Ego gut. Solltest du aber irgendwann nicht mehr bleiben wollen oder können, beachte bitte die Kündigungsfrist von dreißig Tagen. Alles fair und transparent. Unterschreib einfach links unten, reine Formsache. Was darf ich noch für dich tun?“

„Was noch? Arme und Beine habe ich. Ich hätte gerne Flügel.“

„Hier, bitte! Unauffällig, elegant, gesellschaftsfähig und gottgefällig. Trotzdem: Übertreiben solltest du nicht. Es könnte Sanktionen geben, weißt du? Und ... der dritte Wunsch?“

„Du.“

„Wer? Ich?“

„Ja. Dich hätte ich gerne.“

Die gute Fee griff hastig nach ihrem Glas, trank dann aber doch nicht.

„Ich muss schon sagen ... diese Form der beruflichen Anerkennung, verbunden mit persönlicher Wertschätzung ... alle meine Kolleginnen würden neidgelb in ihre Zauberstäbe beißen. Geht aber nicht. Ich hätte umgehend ein Disziplinarverfahren am Hals. Und das Ergebnis? Eine säkularisierte Fee. Arbeitslos, Mindestsicherung – wenn überhaupt."

„Dann eben nicht. Etwas anderes in dieser Art vielleicht?"

„Das lässt sich machen."

Sie berührte mit dem Zeigefinger Alfreds Nasenspitze. „Davon abgesehen: Du wirst deine gute Fee noch einmal sehen, später irgendwann. Ein kleines Evaluierungsverfahren. Muss eben sein. Und jetzt entschuldige mich bitte."

Wenig später war sie wieder da.

„So. Dienstschluss für heute. Jetzt geht natürlich alles. Der Wirt hat für uns ein Zimmer frei, du geflügelter Schwerenöter."

*

Als Alfred aufwachte, war er allein. Er schaute unters Kopfkissen und steckte ein, was er so fand. Die Flügel? Alfred flatterte vorsichtig, erhob sich über dem Bett in die Lüfte und landete ungeschickt. Und der dritte Wunsch? Na ja. Die guten Feen waren wohl auch schon besser gewesen. Er packte seine Siebensachen. Der Portier warf einen Blick auf den Bildschirm. „Die Rechnung ist beglichen. Irgendwas aus der Zimmerbar?“

„Eine Flasche Nektar extra brut.“

„Geht aufs Haus. Ich hoffe, Sie hatten einen schönen Aufenthalt!“

Alfred ging zu Fuß weiter, weil er ein wenig Angst davor hatte, dass alles zu schnell gehen könnte. Er steckte seine Hände in die Hosentaschen, spürte etwas Ungewohntes und hielt Geldscheine und einen zierlich beschriebenen Zettel in der Hand. „Gute Reise! Hier ist Taschengeld. Du hast es dir zwar nicht gewünscht, wirst es aber brauchen.“

Spät abends kam Alfred zu einem Wirtshaus am Straßenrand. Da war noch Licht, da gab’s noch was zu essen. Er nahm Platz und schaute sich um: Geschäftsleute mit glattem Blick und glatter Gebärde, ein junges Paar, offenbar unterwegs. Er schien zu wissen, wohin die Reise gehen sollte. Sie schwieg dazu – vielleicht, weil sie schon öfter dort gewesen war, nur nicht mit ihm. Eine junge Frau, ein Mädchen eigentlich, servierte. Sie war klein und für Alfreds Geschmack viel zu dünn. Aber er mochte ihr Gesicht: eines, das Geschichten erzählte, ohne auch nur ein Wort darüber zu verlieren. Sie kam zu seinem Tisch. Was er wohl gerne hätte?

„Ach, wenn sich das bestellen ließe ...“

„Was noch?“

„Den Räuberspieß.“

„Ist aber für Kinder.“

„Ich weiß.“

Als Alfred satt war, bestellte er ein Glas Wein, saß da und sah der Zeit beim Vergehen zu. Zur Sperrstunde scheuchte die Serviererin ihre Gäste in die Nacht und schaute Alfred an.

„Du nicht.“

Sie setzte sich zu ihm.

„Ich darf doch? Das Du, meine ich.“

„Na freilich.“

„Dann sag einmal: Was bist denn du für einer?“

„Wenn ich's nur wüsste.“

„Woher? Wohin?“

„Frag ich mich auch.“

„Aber einen Namen hast du schon?“

„Alfred.“

„Na immerhin. Regina Engel heiß ich.“

„Schön ... feierlich, irgendwie.“

„Wie man's nimmt. Ich bin sogar einer.“

„Ein was?“

„Engel.“

„Aber doch nicht wirklich!“

Sie senkte den Kopf. „War dumm von mir, darüber zu reden. Aber jetzt ist es passiert."

„Erzähl!"

„Und du wirst mich nicht auslachen? Na wenn schon, du wärst nicht der Erste. Ich war das kleinste Engelsküken im Wolkennest. Die Größeren haben mir das Futter aus dem Mund gestohlen, sie haben mir die Federn ausgerissen, mich an den Rand gedrängt und eines Tages aus dem Nest gestoßen. Damit war's aus für mich mit dem Himmel. Und die Erde? Tief, tief unten und verdammt hart. Aber die ganz kleinen Engel sind leicht und weich. Hat nicht sehr weh getan, der Aufprall. Und wie das eben so ist mit Findelkindern: irgendwie durchgefüttert und aufgezogen worden, irgendwie durchgekommen. Und jetzt sitze ich im Wirtshaus mit meinem späten Gast und meiner blöden Geschichte."

„Und warum nicht zurück nach oben?"

„Ich kann nicht fliegen, hab's nie gelernt."

„Aber ich!"

„Was redest du da?"

Alfred wandte ihr den Rücken zu. „Nimm deine Hände. Spürst du nichts?"

„Ja sag einmal! Einer aus der Verwandtschaft?"

„Nein, ganz und gar nicht. Aber so eine gute Fee ..."

„Die sind die Schlimmsten, glaub mir."

Alfred dachte lange nach. Dann rückte er näher. „Schon möglich. Aber es funktioniert. Du ... ich meine, es kann ja nur besser werden für dich ... ob wir es miteinander versuchen?"

„Wie soll das gehen?"

„Recht einfach: Ich nehm dich in die Arme, du hältst dich an mir fest, ein paar Flügelschläge und schon heben wir ab."

„Angeber."

Sie versuchten es dann doch. Alfred flatterte nach Kräften, blieb aber am Boden. Sie lachte.

„Gib's doch zu: Es geht nicht. Männer! Was sag ich. Männer!"

„Halt doch den Mund."

Hellroter Zorn wallte in Alfreds Adern, mit wilder Kraft schlug er die Flügel und bald darauf war das Wirtshaus tief unter den beiden.

Sie zitterte.

„War sehr, sehr schön! Aber jetzt rasch nach unten, bevor was passiert."

„Nach unten? Später vielleicht. Davor werde ich dich lehren, was es heißt zu fliegen."

Schaudernd zog sie ein paar Wolkenfetzen um die Schultern.

„Ich hab Angst!"

„Und du hast mich. Schau nicht hinunter. Hebe deine Stirn zu den Sternen!"

„Um Himmelswillen! Wo hast du das denn her?“

Alfred grinste.

„Ist doch egal. Ich hab ganz einfach einen riesengroßen, gigantomanisch monumentalen, kreuzfidelen Spaß mit dir, hier oben!“

„Ich mag’s ja auch ...“

„Na also. Und das Beste kommt erst! Wetten, dass du auch fliegen kannst?“

„Ich? Fliegen? Lass mich nur ja nicht los!“

„Es liegt an dir allein. Nimm dir einfach, was du willst!“

„Das ist noch nie gut gegangen bei mir.“

„Dann bleib eben, wie du bist.“ Alfred griff nach dem Bordmikrophon. „Wir haben soeben unsere Reiseflughöhe verlassen und beginnen mit dem Landeanflug.“

„Gut ... wenn du meinst ...“

Ein leises Beben, dann löste sie sich von ihm. Wie ein Stein fiel sie erdwärts. Er legte erschrocken seine Flügel an, um sie einzuholen. „Deine Schwingen! Was ist mit denen?“

„Klein und verkrüppelt.“

„Und ich verdammter Idiot ...“

„Sag das nicht. Was war, gehört uns. Wir waren weit, weit oben. Und bis wir unten sind, wird es ohnedies noch eine Weile dauern.“

„Schnell, halt dich fest an mir!“

„Nein, mein Lieber. Diesmal will ich es wissen, mit allem Drum und Dran."

„Egal, wie es dir und mir dabei geht?"

„Nein, nicht egal. Himmel, der Boden, schnell, deine Flügel! Du nicht auch noch ..."

Alfred wollte nach ihr greifen, dann blickte er nach unten und hatte nur noch Angst. Er spannte mit Mühe seine Flügel aus. Der Luftstrom traf ihn wie ein Schlag. Greller Schmerz, ein Brechen und Reißen, dann schlug er auf.

Alfred blieb lange liegen, um nichts tun zu müssen, verschlief seine Gedanken, weil er sie nicht ertrug, und stellte sich tot, weil er Ruhe haben wollte. Schließlich erhob er sich doch, trennte achtlos die Flügel ab, tat einen Schritt, dann noch einen. Er suchte Tage und Wochen nach ihr, konnte sie aber nicht finden. Das mochte aber auch daran liegen, dass er es nicht wagte, richtig hinzuschauen.

Eines Abends, alles war schon lange vorbei, stand er wieder vor dem Wirtshaus am Straßenrand. Er wagte es einzutreten. Sie erkannte ihren Gast, kam näher und Alfred konnte sie spüren.

„Hat ganz schön weh getan, damals. Und jetzt geh bitte."

7 ||

So fing die Welt damit an aufzuhören. Alfred fand Wege, die nichts von ihm wissen wollten, verlor sich in Geschichten, die ihm kein Wort erzählten, hörte Lieder, die andere sangen, mit seiner Stimme. Er hatte ein Bündel grauer Lehren mitgenommen und ein Wort, das nichts mehr zu sagen wusste. Achtlos ging er durch Türen, ohne einzutreten, redete mit Menschen, ohne hinzuhören, und schaute in blinde Fensterscheiben. Allmählich ertappte sich Alfred dabei, dass er an seinem Gram düsteres Gefallen fand. Er lud die Schwärze des Alls ein, in seinem Inneren gehörig nachzudunkeln, die Kälte der Einsamkeit funkelte in seinem Gemüt als eisiger Kristall und die Schatten der Melancholie verwob er zu schwerem Tuch. Zudem pflegte er herzlichen Umgang mit Nachtmaren, Werwölfen und Vampiren, mit Trollen, Alben und Dämonen.

Doch nach Jahr und Tag und Stunde gedachte Alfred des verlorenen Engels. Spät nachts gab er ein Fest im Moor, tanzte mit den

Irrlichtern und trieb es mit fleischfressenden Pflanzen. Dann ließ er sich ins Moos fallen und wollte in Träumen ertrinken.

Im Morgengrauen fand er sich auf einer Gehsteigkante sitzend wieder. Regen fiel dicht und schwer, die Welt war nass.

„Du schon wieder!"

Der Polizist schaute streng drein und griff in seine Bereitschaftstasche.

„Diesmal wirst du mit einem Organmandat belegt."

„Sehr schön. Ja, bitte."

„Hier!"

Der Polizist setzte sich neben Alfred auf den Gehsteig.

„Was weiter?"

Alfred ergriff das Dokument, faltete es zu einem Papierschiff, löste den Anker und fuhr fortan zur See.

Leichten Herzens ließ er das Ufer hinter sich, verzichtete frohen Mutes auf festen Boden unter den Füßen und verlor Ziele aus den Augen, die ohnehin viel zu nahe lagen. Poseidon hob grüßend den Dreizack, Äolus kramte günstige Winde hervor und eine Meerjungfrau schlug die Leier. Alfred, der alte Seebär, stand am Steuerrad, sang ein nicht minder altes Seemannslied und blickte mit wasserblauen Augen in die

Weite. Unbeirrbar hielt er Kurs. Er wollte zwar nirgendwo hin, das aber unbedingt.

Nach vielen Tagen auf dem Meer stand unvermutet ein unrasierter Mensch mit roten Haaren und grünen Zähnen vor Alfred und tippte an seine Seemannsmütze.

„Ahoi. Ich bin der Klabautermann. Leider."

„Warum leider?"

„Es gibt schlechte Nachrichten, wenn ich mich zeige. Dreh dich um und schau zurück."

Alfred erblickte jenes Ufer, das er verlassen hatte wollen: Ganz nahe lag es hämisch da. Viele klebrig glänzende Fäden spannten sich vom Land zu seinem Schiff und hielten es gefangen. Alfred wollte sie zerreißen, doch nun klebten die Fäden an seinen Händen. Er schlug um sich und die Fäden fesselten ihn. Alfred senkte den Kopf.

„Loslassen! Bitte!"

„Ja, warum denn nicht gleich?", bekam er vielstimmig vom Land aus zu hören, „sich so einfach davonzustehlen, wo gibt's denn so was?"

Boote setzten über, vollgeräumt mit zerbrochenen Bildern, verleugneten Gedanken, verratenen Träumen, Sperrmüll und Plunder aller Art. So kam das Schiff frei, lag nun aber tief im Wasser und nahm nur schwerfällig Fahrt auf. Endlich brachte ein Sturm Unruhe in Alfreds bedächtige Seefahrt. Mächtige Wogen scheuchten das Boot über ihre Kämme und drückten es in die Täler, ungebärdige Strömungen lehrten es tanzen, fliegen und eintauchen, wütende Böen zerrissen die Segel. Als dann alles verebbte, erlosch jegliche Bewegung, das Meer lag reglos da, der Himmel legte sich gelangweilt darüber und Alfreds Schiff dümpelte in einem bleischweren Nichts. Der Schiffszwieback war hinüber, das Wasser roch faulig, das Pökelfleisch stank zum Himmel, der Rum ging zur Neige. Alfred hungerte, hungerte sehr, und als er an nichts anderes mehr denken konnte als an seinen Hunger, kam eine leise, zärtliche Brise auf, strich sanft über ihn und blies ihn in den nächstbesten Hafen. Hastig warf Alfred den Anker, ließ ihn tief in den Schlick greifen, schlang die Taue um die Poller und das Fallreep schlug beherzt eine Brücke zum Kai.

Alfred war fremd hier, so fremd, dass er mit allem vertraut sein durfte. Ungeniert trat er ein, breitärschig setzte er sich an den Tisch und tat mit rauer Stimme kund, woran es fehlte.

„Hunger! Durst! Lust auf alles! Und ich kann nicht zahlen."

Der Hafen umfing ihn.

„Das lässt sich regeln."

Stunden später war Alfred nur noch Bauch, bis zum Überdruss gefüllt und wunschlos verdauend.

Tags darauf kam der Hafen noch näher, legte sich schwer und duftend über ihn.

„Das kann doch nicht alles gewesen sein?"

Alfred grinste verwegen.

Nach vielen ruchlosen Nächten war er auch der verworfensten Begierde müde. Der Hafen legte sich ihm zu Füßen.

„Und nun, Erhabener? Macht, Ruhm, Einschaltquote?"

Alfred nickte gnädig. Eine lächerlich kurze Ewigkeit später dankte er gelangweilt ab.

„Die Rechnung, bitte."

„Wie belieben!"

Der Hafen packte ihn am Kragen.

„Die Galeere."

*

An einem strahlend schönen Hochsommertag schiffte sich Alfred ein. Nur zu gerne ließ er seinen alten Kahn und dessen schwere Last zurück, verzichtete frohen Mutes auf Handgepäck und nahm voller Erwartungen den für ihn reservierten Platz ein. Neugierig betrachtete er die ungewohnten Ketten und Fußschellen: gediegene Schmiedearbeit, starke, schwere Glieder, wie für die Ewigkeit gemacht. Prüfend ergriffen seine Hände die Riemen: glatt, wie poliert von stetem Fleiß und zäher Kraft.

Da trat auch schon der Reiseleiter vor seine Passagiere. Ruhig und bestimmt verkündete er ein gnadenloses Gymnastikprogramm: zehn Stunden täglich bei strengster Diät, karge Nachtruhe auf den Sitzbänken.

Dann das Signal zur Abfahrt. Die Trommel gab den Rhythmus der Ruderschläge vor, das schlanke, langgestreckte Schiff glitt aus dem Hafen.

Alfred legte sich ins Zeug. Anfangs fiel es ihm verteufelt schwer mitzuhalten und er bekam auch schon einmal das Tauende zu spüren. Doch nach wenigen Tagen fühlte er neue Spannkraft in sich. Sein im Hafen tonnenförmig gewordener Leib war nunmehr mager und sehnig. Das durch Lustbarkeiten übelster Art verderbte Gemüt war gereinigt, durchlüftet und erfrischt. Vor allem aber war Alfred in Ketten gelegt, dem monotonen Trommelschlag unterworfen und damit aus der Mühsal seines selbstbestimmten Daseins entlassen. Woher komme ich? Wer bin ich? Wohin gehe ich? Die großen Fragen des Lebens duckten sich klein und unscheinbar unter dem befreienden Diktat eines starken Mannes, der wusste, was zu tun war, und dafür sorgte, dass es geschah. Ein froher Seufzer entrang sich Alfreds Brust, flog himmelwärts und ließ sich nicht ohne Folgen mit einer Möwe ein.

Doch eines Tages fiel ein Schatten über Alfred. Er hob den Kopf und sah eine mächtige Gestalt vor sich aufragen. Der Kapitän stieß ihn mit dem Fuß an.

„Sie reden über dich."

„Zu viel der Ehre!"

Der Kapitän spuckte aus.

„Sei gefälligst eine stinkende, erbärmliche Elendsgestalt wie die anderen. Oder du fliegst."

„Fliegen? Kenn ich von früher ..."

„Du auch?"

Der Kapitän schaute ins Leere. Dann gab er sich einen Ruck.

„Zu den Fischen mit ihm."

Alfred flog in weitem Bogen über Bord, genoss die kleine Luftfahrt und tauchte mit unnachahmlicher Eleganz in die Fluten. Ha! Sein neues Element! Er kraulte fröhlich durch das helle, herrlich warme Wasser, übte sich im Brustschwimmen, probte den Schmetterlingsstil, drehte sich auf den Rücken und schaute den Wolkenschiffen bei ihrer Himmelfahrt zu.

Dann stieß er gegen etwas Hartes, wandte den Blick und erkannte sein altes Schiff.

„Ahoi“, klang es leise von oben.

„Wie ist das möglich?“

„Der Hafen hat uns ausgespuckt. Die Gebühren, wie du dir denken kannst. Komm lieber nicht an Bord. Es sieht nicht gut aus hier.“

„Was soll ich dann tun?“

„Nimm das Tau am Heck. Es ist ja nicht mehr weit.“

„Wohin?“

„Zum Riff.“

Planken splitterten, das Schiff neigte sich müde und versank. Eine Strömung kam des Wegs. Träge schwemmte sie das Treibgut ans Ufer. Alfred betrachtete seine Habseligkeiten. Die meisten vergrub er und legte einen seltsam geformten Stein darüber. Vielleicht wollte er ja wiederkommen, eines Tages. Wenig war ihm geblieben. Aber sein hellblauer Firmlingsanzug lag da wie neu. Alfred hatte sich damals, vor vielen, vielen Jahren, geweigert, ihn ein weiteres Mal anzuziehen. Seitdem harrte das Textil, in unvergängliches Plastik verpackt, staubgeschützt und seewasserfest seiner Bestimmung. Alfred bekleidete sich, so gut es ging, und wanderte landeinwärts.

Weil er ein wenig Angst hatte, so ganz allein, pfiff er sich ein Lied, und weil sie ohnehin einsam war hierzulande, flog ihm eine Spottdrossel zu. Sie richtete sich wohnlich ein in Alfreds wirrem Haar und hörte ihm zu. Dann flocht sie seine Melodien in die ihren und Alfred gab Antwort. Die beiden waren ein hübsches, possierliches Paar. Das blieb nicht unbemerkt. Ein Landstreicher bat zum Streichkonzert, ein ambulantes Fräulein ließ sich vorübergehend zwischen den Tönen nieder und ein Feldherr fand in ihrem Einklang versehentlich seinen Frieden. Immer öfter geschah es, dass sie Wirtshäuser zum Klingen brachten, für Speis und Trank. Manchmal wurden sie auch eingeladen, über Nacht zu bleiben, in getrennten Zimmern, versteht sich. Alfred wollte aber kein leeres Nest auf seinem Kopf tragen und seine Gefährtin mochte keine fremden Federn in ihrer Liegestatt.

Schließlich nahm auch die Presse von den beiden Notiz. Die Beziehung des Menschen zu seinen gefiederten Freunden, stand zu lesen, werde durch gemeinsames Musizieren auf eine ungewöhnlich originelle Weise bereichert und vertieft. Das las auch der Pfarrer, trat vor die beiden hin und lud sie ein, doch am nächsten Sonntag in seiner Kirche zur Ehre Gottes zu pfeifen, zu tirilieren und nach Kräften zu jubilieren. So geschah es. Alfred und seine Drossel, die Drossel und ihr Alfred konzertierten so innig und so strahlend schön wie nie zuvor. Dann aber kam zarter Orgelklang ins Spiel und der Vogel in seinem Nest wurde unruhig. Er schlug die Flügel, erhob sich in den kostbar gewölbten Himmel, fiel selig flatternd zwischen die Orgelpfeifen, ließ sich von ihren Liedern tragen und verschwand im goldenen Licht.

Alfred aber seufzte vernehmlich und griff zum Kamm.

8 ||

„Alfred“, sprach Alfred eines sehr frühen Morgens zu sich, „es ist nicht ganz so einfach mit den anderen. Mühsam ist es, lästig zuweilen, und man weiß nie, was dabei herauskommt. Bleiben wir doch einfach unter uns, ich und du!“

Gesagt, getan. Alfred ging fortan unter die Leute, ohne ihnen auch nur einen Schritt entgegenzukommen. Er gab sich mit allen ab, ohne sich etwas zu vergeben, und er suchte Nähe, tunlichst ohne sie zu finden. Jene, die ihn kennenlernen wollten, lehrte er, an ihn zu glauben, allen, die ihn mochten, entzog er sich herzlich, und wagte es jemand, ihn zu lieben, nahm er es liebend gerne zur Kenntnis. Freundlich öffnete er sich aller Welt und ließ sie dann im Vorzimmer warten. Andächtig blickte er gen Himmel und hielt sich dann doch lieber an die Wetterprognose, studierte mit Eifer, was die Gelehrten schrieben, und hatte große Zweifel am kleinen Einmaleins. Seine Gastfreundlichkeit war so weitläufig, dass sich niemand in ihr zurechtfand, und seine Sehnsucht so umfassend, dass sie keinen wirklich berührte.

Dieses Konzept der wertschätzenden Gleichgültigkeit funktionierte, interessierte und überzeugte. Alfred etablierte sich als praxistauglicher Idealist und gründlich geerdeter Visionär. Er hielt Vorträge, leitete Workshops und coachte Generaldirektoren, Bundeskanzler und Propheten. Er reiste viel, redete viel und verdiente nicht wenig.

Spät nachts pflegte er das Hotel zu verlassen, um – so behauptete er wenigstens – in der Dunkelheit vor den Toren der Stadt Erleuchtung zu finden, Einkehr zu halten und den Blick für das wahre Wesen zu schärfen.

„Seht nur, wie er schaut!“, hörte er es dann ringsum raunen.

So begab es sich, dass er eines Abends in der Ferne ein kleines, bewegtes Licht erblickte. Alfred ging darauf zu, kam dem Licht aber nicht näher, nahm ein Taxi, ein schnelles Pferd, ein Flugzeug, und hielt endlich schwer atmend inne.

„Hier bin ich, du Esel“, hörte er eine Stimme in seinem Rücken, „hier, und hier, und hier!“

Das Licht tanzte über seine Hände, strich über seine Stirn, leuchtete in seine Augen und war dann wieder weit weg.

Später fand sich Alfred in der Hotelbar wieder. Nach dem ersten Glas bemerkte er, dass jemand neben ihm saß, nach dem zweiten Glas sah er, dass sie verteufelt schön war, und nach dem dritten Glas wusste er, dass sie mit sich reden lassen würde.

„Beruflich hier?"

„Irgendwie schon."

„Darf ich wissen, wie das gemeint ist?"

„Du musst sogar. Ich erzähle immer meine Lebensgeschichte, wenn ich genug getrunken habe."

„Ja dann?"

„Ja dann! Also, ich war Wegelagerin, in meinen besseren Zeiten. Und Menschenfresserin. Spezialisiert auf Männer."

„Was du nicht sagst!"

„Ein paar von denen hab ich verzehrt, mit Putz und Stingel, die meisten aber gut durchgebraten und eingefroren, für schlechtere Zeiten. Manchmal hab ich auch nur abgebissen und gleich wieder ausgespuckt. Doch dann hat sich einer gewehrt."

„Ein ganz wilder, starker?"

„Ach wo. Ein dummer Bub. Hat mich geheiratet, weil er was zum Spielen haben wollte. Und ich hab mitgespielt. So nebenbei gefragt: Was bist denn du für einer?"

Alfred erzählte ein wenig, dann doch etwas mehr, endlich auch von dem Abend zuvor. Diese seltsame Erscheinung ... wohl zu viel Arbeit gewesen in den letzten Tagen, die Nerven ...

„Unsinn, mein Lieber! Dir ist ganz einfach ein Licht aufgegangen. Passiert sogar deinesgleichen. Selten genug und eher zufällig, nehme ich an. Übrigens: Mein Mann wird bald kommen."

„Soll ich ...?"

„Du bleibst gefälligst, damit er mich retten kann: vor dem Suff und vor Männern, wie du einer bist."

Sie grinste.

„Das war übrigens ein Kompliment."

Er kam, trug einen Fellschurz von Armani, schwang eine tausendschüssige Automatik-Keule, ergriff sein Weib und zerrte es heimwärts.

Alfred trank noch ein Glas, und noch ein Glas, und noch ein letztes. Dann brach er eine Schlägerei vom Zaun, ließ alles auf seine Zimmerrechnung schreiben und begab sich zur Ruhe.

Tags darauf fuhr er fort, als wäre nichts geschehen, weil ihm beim besten Willen nichts in den Sinn kam, das wirklich geschehen wäre. Aber es war etwas geschehen.

*

Das änderte vorerst nicht viel. Aber Alfred wohnte nicht mehr in Hotels, sondern in kleinen, möglichst merkwürdigen Pensionen. Auch logierte er als Zimmergast bei wissenden älteren Damen, im zeitlosen Dachgeschoß eines Stundenhotels oder in der Höhle einer Zweisiedlerin, die's auch zu dritt recht lustig fand. Sein Publikum nahm es angeregt schaudernd wahr und bald entstanden neue Trends: Shabby Luxury, Mystery Housing, Cave Cocooning.

Alfred machte sich rar, wurde unleidlich, böse und bissig. Auch das mochten die Leute an ihm, mochten es sogar sehr.

Eines Nachts, als er unwirsch Huldigungen entgegennahm und Autogramme schrieb, roch die Welt plötzlich nach Maiglöckchen. Alfred hob den Kopf und schaute in ein helles Gesicht mit nassen Augen.

„Schlechtes Theater, Alfred. Ganz schlechtes Theater. Komm mit."

„Ja, wenn du meinst ..."

Sie nahm Alfred an der Hand und zog ihn hinter sich her, bis es sehr dunkel war um die beiden.

„So gefällst du mir schon besser. Und sag bitte nichts. Du würdest lügen."

„Also bitte!"

„Kein Wort mehr. Lass es einfach still sein. Geht das?"

Nach einer guten Weile spürte Alfred eine kleine Berührung.

„Ich geh dann."

Alfred blieb, dachte nach und gelangte zur Erkenntnis, dass einer Welt, die nicht nach Maiglöckchen roch, etwas Wichtiges fehlte. So nahm er denn Witterung auf und war ein paar Minuten später am Ziel. Sie saß auf einer hölzernen Bank, blickte auf und legte das Illustrierte Laubblatt beiseite. „Alfred! War aber auch Zeit."

„Du hast auf mich gewartet?"

„Darauf, dass du mich findest. Oder auch nicht."

Alfred setzte sich neben sie und schnupperte.

„Die Maiglöckchen ..."

„Ach die. Meine Großtante mütterlicherseits war Hexe von Beruf. Zwei Fässchen hat sie mir vererbt. Eines mit Parfum, eines mit Gift. Und ich mag keines davon wegschütten. Sie war so eine Liebe, Lustige, die Tante, auch ein bisschen zerstreut. Und das mit ihrem Mann – er ist früh gestorben, weißt du – war ganz bestimmt keine Absicht."

„Und du?"

„Hexe? Wo denkst du hin! Anderseits: Wer weiß das schon. Neulich war zum Beispiel der Gerichtsvollzieher bei mir. Geld war keins zu holen, meine Unschuld war längst verpfändet, unleidlich war ich, ungenießbar und unverwertbar.“

„Was hast du ihm dann gegeben?“

„Ich habe ihm die Pest an den Hals gewünscht. Es hat aber nur für einen Hexenschuss gereicht. Ich bin ja doch ein wenig aus der Übung. Der Pfarrer war übrigens auch schon zu Besuch, ist auf meinem sündhaften Sofa gesessen und hat mir die Leviten gelesen: Meine ewige Verdammnis sei meine Sache, hat er gesagt. Aber dass einem christlichen Gotteskrieger nach einer nächtlichen Andacht bei mir anderntags die Kraft gefehlt habe, die Heiden zu massakrieren, könne er mir nicht verzeihen. Nicht zu vergessen jener fromme, schöne Asket, dem ich sein Büßerhemd geflickt habe, nur um ihn endlich nackt zu sehen. Und zu allem Überdruss die Geschichte mit dem reuigen Sünder, dem ich demütig geneigten Hauptes vorschlug, doch gemeinsam zu bereuen, aber gründlich. Hat wirklich Spaß gemacht.“

„Und weiter?“

„Das solltest du lieber den Pfarrer fragen. Aber was rede ich: Du musst zurück in deinen

Narrenkäfig. Vergiss nicht, ein Gesicht aufzusetzen."

„Hab ich denn kein Gesicht, ich meine, jetzt?"

„Doch, aber nur dein eigenes. Wer will das schon sehen? Na ja, ich schon ..."

„Was findest du daran?"

„Ich bin noch am Suchen."

„Und das kann dauern."

Alfred bat Bäume und Sträucher, ein wenig näher zu rücken. Die Nacht ließ sich erst gar nicht lange bitten und legte sich ganz dicht um die zwei.

„Du ... ich würde sagen, ich könnte glauben, es wäre doch möglich, dass wir hier wohnen, bis es hell wird."

Sie nahm eine Ameise und lehrte sie, auf den Hinterbeinen zu stehen und aufrecht zu sterben, im nächsten Ameisenkrieg.

„Und glaub mir, ich habe nichts verspielt im Theater da drüben. Meine Wünsche wuchern noch immer wild in meinen verbotenen Himmel, meine Träume spielen unverdrossen mit dem Höllenfeuer und meine Gedanken treiben es mit den Träumen."

Sie nahm ein Blatt, lehrte es, wie ein Schmetterling zu fliegen und den nächsten Herbst nicht unwidersprochen hinzunehmen.

Es sei doch, fuhr er fort, nicht aller Tage Abend, nicht aller Nächte Morgen. Und es gebe so viel Wundersames zwischen Himmel und Hölle: einen Engel zum Beispiel, gefallen zwar, aber nicht tot und schon gar nicht beim Teufel. Und er wisse von einem verachteten Begehren, tief unter alle Rinnsale gebannt, doch rein wie die lauterste Quelle, nicht zu vergessen eine Sünde, über die Maßen gottgefällig in ihrer unverschämten Unschuld.

„Alfred", sagte sie und küsste ihn auf die Nasenspitze, „du redest zu viel."

*

„Ich habe dir etwas mitgebracht", sagte er am Morgen darauf und öffnete die Hände, „den Staub deiner Müdigkeit, als ich wach lag neben dir, eine Tannennadel und einen blauen Fleck, eine Daunenfeder und einen verstohlenen Regen, einen Gänsekiel und den Rest Wein, den du nicht mehr trinken wolltest."

Ihr gläsernes Lächeln bekam einen kleinen Sprung. „Prost, Alfred. Ganz oben waren wir übrigens nicht. Angst? Männer, was sag ich, Männer!"

„Halt doch den Mund."

Alfred rannte davon, so schnell ihn die Worte trugen. Hastig wandte er sich zu ihr um, sah, dass sie ihm ohnehin nicht folgen wollte, verstummte, schloss Tür und Tor hinter sich und zog die Vorhänge zu.

Sie aber nahm sich einen Jüngling und zwei Greise, einen Märchenerzähler, einen Wahrsager und alle, die da noch kamen und Feste mit ihr feierten, wie sie auch fielen.

9 ||

Alfred blieb lange für sich allein. Weil er aber eines Tages nichts mehr mit sich anfangen konnte, versuchte er es doch wieder mit der Welt. Alfred ließ sich einfach treiben und landete in einem Hafen, der ihm bekannt vorkam. Mit rüder Hand stieß er die Tür einer üblen Spelunke auf und trat wiegenden Schrittes ein. Der rotbärtige Wirt sprang auf und starrte Alfred an, als hätte er ein Gespenst gesehen.

„Gottverdammich! Du lebst? Tut mir so leid, alter Junge! Also das habe ich wirklich nicht gewollt."

Alfred umarmte ihn rau, aber herzlich.

„Ahoi, Kapitän! Wie ist das denn weitergegangen mit dir und deiner Galeere?"

„Hab bald einmal abgeheuert. Was anderes, verstehst du? Hab mich unter den Piraten wichtig gemacht und dann, weil ich schon in Übung war, auf einem Kreuzfahrtschiff. War eine feine Sache, kannst du mir glauben, bis diese Kreuzritter an Bord gekommen sind, eine ganze Heerschar von denen. Das waren vielleicht welche!

Alles und alle haben sie bekehrt und dran glauben lassen. Am Ende hat der Schiffskater die Ratten gesegnet, bevor er sie totgebissen hat. Überall an Bord haben diese Narren ihre Burgen gebaut, das ganze Schiff haben sie nach und nach erobert, am Ende auch meine Kajüte. Tüchtig Beute gemacht, diese Banditen! Sogar mein heiliges Logbuch. Ist aber nicht viel Frommes dringestanden. Ja, und so weiter. Bin in der ganzen Welt herumgekommen, und nicht nur einmal, das kann ich dir sagen. Morgenland, Abendland, Grönland. Dort hab ich sogar geheiratet. Dumm gelaufen. Ein endloser Winter lang Hochzeitsnacht, da gehn dir irgendwann die Ideen aus. Und im Sommer dann die Gelsen. Hab ich mich mit einem Elch angefreundet. Gemeinsam nichts wie weg übers große Wasser. So sind wir im Wilden Westen gelandet: Abilene, Texas. Ein knallheißer Sommertag. Donnerstag war's, oder auch Freitag. High Noon jedenfalls. Kleine Auseinandersetzung unter Freunden auf der Main Street. Ich war schneller und jetzt hängt er hier an der Wand, mit Matrosenmützen auf den Schaufeln."

Der alte Seebär stand auf und hieb dem Elch mit der Faust auf die Nüstern. „Taugst immer noch für jeden Unfug, was?"

Er setzte sich wieder zu Alfred an den Tisch.

„Kohldampf, mein Freund? Gehört übrigens mir, das Kabuff. Und es gibt immer was zu essen: Labskaus als Burger, als Wrap oder Dry Aged. Meine dicke Frau in der Kombüse macht alles, was du willst. Regina heißt sie."

„Regina? Wie noch?"

„Na Störtebeker, wie ich eben. Und früher einmal Engel. Die war vielleicht eine! Aber das war einmal. Willst du sie kennenlernen?"

„Nein. Und ich geh dann."

Vor der Tür stolperte Alfred über eine große, graue Schlange, die er von früher kannte. Sehr, sehr alt war sie geworden und erschreckend schäbig. Aber sie züngelte wie in ihren besten Tagen.

„Alfred! Ist dir der Himmel auf den Kopf gefallen?"

„Ja, so ungefähr. Was treibt dich in den Hafen?"

„Seeschlangen! Verwandtenbesuch, muss auch einmal sein. Aber nicht dieses kleinformatige, nasse Natterngezücht, sondern sagenhaft achtbare Ungeheuer mit dunkler Vergangenheit. Zwei von denen haben bekanntermaßen Laokoon und seine Söhne verschlungen – und dabei ist es wahrhaftig nicht geblieben. Oh, dieses verdammte Pflaster hier! Und der Verkehr … nichts wie weg, bevor ich unter die Räder komme. Es gibt da einen ruhigen Platz am Kai, bei den hölzernen Lagerschuppen. Ich krieche voran, aber schnell wird es nicht gehen mit meinem Kreuz. Ich sag dir, wenn eine Schlange Rückenschmerzen hat, dann zahlt sich das so richtig aus. Ist dir übrigens schon aufgefallen, dass ältere Schlangen geschwätzig werden? Na ja, man redet eben viel, wenn man nichts Wichtiges mehr zu sagen hat."

Der Platz am Kai war wirklich reizend: Es roch nach abgestandenem Abenteuer, das Brackwasser schwappte lautlos und trübe an den Beton und die alten Bretterwände hatten es in der Sonnenwärme nicht mehr so eilig mit dem Verfaulen.

Die Schlange hatte sich um Alfreds Nacken und Schultern geschlungen und hielt den Kopf dicht vor seine Augen.

„Harmlos bin ich geworden, geradezu langweilig! Das Hypnotische im Blick ist mir längst abhanden gekommen. Und das Dämonische … na ja, lassen wir das. Alles nichts gegen deine erbarmungswürdige Erscheinung vorhin … lass mich raten: die neueste Fortsetzung einer alten Geschichte?"

„Ja."

„Das kenne ich. Immer noch läuft mir da und dort eine Eva über den Weg, die von mir beschwatzt und betört werden will. Aber mein Gott, was in Dreiteufelsnamen soll ich tun? Äpfel sind nicht mehr mein Geschäft. Ich habe meinen Frieden gemacht, mit dem da oben und dem da unten. Wenn ich nicht gerade dir über den Weg krieche, bewohne ich längst das Altersheim für chronisch Unsterbliche. Wir sind ja nicht viele und haben einander nichts vorzuwerfen, weil keiner dem anderen etwas schuldig geblieben ist. Außerdem gibt es viel zu erzählen, in alle verdammte Ewigkeit."

Die Schlange glitt zu Boden. Alfred kraulte sie dort, wo er ihren Nacken vermutete.

„Mhhh, gut. Jetzt würde ich gerne schnurren. Geht leider nicht. Nichts geht für einen Kaltblüter, nur dieses leidige Vorschnellen, zubeißen, hinunterwürgen und verdauen, Wochen und Monate lang – ganz zu schweigen vom schändlichen Betteln um Wärme."

„Traurig?"

„Was ist das? Doch zu allem Überdruss sind meine Giftzähne auch nicht mehr das, was sie einmal waren."

„Magst du probieren? Hier, mein Arm ..."

„Das könnte dir so passen, dich so einfach davonzustehlen."

Eilig entglitt die Schlange Alfreds Händen.

„Ich muss jetzt zurück ins Heim. Die Verpflegung ist nämlich ausgezeichnet dort. Und heute Abend gibt es Hamster."

Alfred verließ den Hafen bei Nacht und Nebel. Im Morgengrauen erreichte er seine Stadt. Er hörte Schritte neben sich, erkannte seinen Polizisten und staunte: die Hosen glatt und messerscharf gebügelt, die Jacke übersät mit Orden, Ehrenzeichen und Gütesiegeln, dazu tief hängende Colts um die Hüften, mit schimmernden Läufen und fein ziselierten Griffen. Alfred zog sein Dokumentationsarchiv hervor.

„Nichts zu holen bei mir, Herr Ordnungshüter! Ich habe eine Einreisegenehmigung, eine Ausfuhrbewilligung, ein Bleiberecht, die Staatsbürgerschaft, gönne mir den einen oder anderen Reisespaß, einen Verführerschein, und ich bin Mitglied im Sparverein Drossel."

„Sehr schön."

Der Polizist grinste.

„Ich bin Polizeipräsident, Geheimer Dienstrat und Vorsitzender des Rückstandskomitees. Darf ich etwas für dich tun?"

„Sing mir was vor."

„Tut mir leid, ich treffe die Töne nicht. Aber sonst schieße ich scharf und gut."

„Spiel mit mir."

„So ein Pech. Ich weiß nicht mehr, wie's geht. Aber mit einer Spielhölle könnte ich dienen."

„Zeigst du mir deine Familie?"

„Ja, wie denn? Meine Frau habe ich irgendwann versehentlich im Bereitschaftsraum liegengelassen und die Kinder sind einfach weg. Dabei habe ich mir solche Mühe gegeben mit der Unterbringung in der Fürsorglichkeitsanstalt."

„Setzt du dich dann wenigstens neben mich, hier auf die Gehsteigkante?"

„Nichts lieber als das, Alfred, alter Knabe, herzlich gerne! Hast du ein Taschentuch?"

„Fürs Gesicht?"

„Nein, zum Unterlegen. Man macht sich ja nicht den Hintern schmutzig."

*

Alfred verließ die Stadt, wurde gut Freund mit einem Baum und fing sich ein Verhältnis mit einer Unkrautwiese an. Die drei hatten es gut miteinander. Für die Wiese war Alfred einfach ein Unkraut mehr, der Baum mochte Alfreds Wurzeln, die sich scheu und unbeholfen zwischen die seinen drängten, und Alfred spürte endlich Boden unter sich. Besonders gerne erzählten sie einander Geschichten, nachts, wenn es keine ungebetenen Zuhörer gab:

„Man würde es nicht glauben“, begann die Wiese, „so wie ich heute da liege: Aber ich bin eine mit Vergangenheit! Die Götter der heidnischen Vorzeit waberten wunderlich in den Nebelschwaden über mir und eine längst versiegte Quelle half dereinst den Menschen, bog die Krummen gerade und öffnete den Blinden die Augen. Und dieser Maulwurfshügel hier war sogar einmal ein Feldherrnhügel. Gräber habe ich seitdem auch unter mir. Auf mir wurde Recht gesprochen und Geschichte geschrieben. Walther von der Vogelweide hat sein vieledles Fräulein auf mir zur Minne gebettet: ‚Wo ihr das Haupte lag‘ – ihr wisst schon. Und sogar Romeo und Julia kamen mit der letzten Abendkutsche aus Verona angereist. In meine Gräser gehüllt, von meinen Blüten betört und von meinen Schmetterlingen umgaukelt, lauschten sie der Nachtigall und nicht der Lerche! Aus mir erwuchs und erblühte die blaue Blume, auf mir tanzten die Elfen und fielen die Musen über die Poeten her. Und heute? Ein Obstbaum und ein Alfred. Auch gut, sage ich immer, man wird ja bescheiden.“

„Ich bin dir ja grün“, schwieg der Baum gutmütig, „aber du solltest nicht gar so sehr ins Kraut schießen mit deiner Geschichte. Ich wurde gepflanzt, weil im Dorf nebenan der Knabe Otto zur Welt gekommen war. Ein recht hässlicher Säugling, das aber nur nebenbei. Umso eindrucksvoller erstarkte er zum Jüngling, dessen Blick dermaßen verzehrend loderte, dass sich die letzten Jungfern im Lande fragen mussten, woran es liegen mochte, dass sie noch immer welche waren. Als Otto auch noch in späteren Jahren die Weisen des Landes beschämte, den Mächtigen ihre Ohnmacht um die Ohren schlug und die Poeten ihrer Musen entblößte, war das Maß voll. Otto wurde der Hexerei bezichtigt und verbrannt. Sein Name ward getilgt, doch seine Glut fiel wie goldener Regen in den Himmel. Sie säumt seitdem zuweilen Wolken, und wenn Mädchen sehr sehr glücklich sind, tanzt noch immer Gold in ihren Augen. Und heute? Ich steh einfach da auf dieser Wiese ohne Leidenschaft mit einem Alfred ohne Poesie. Na ja, fast. Nicht sehr aufregend, wie?"

Endlich hub Alfred an zu erzählen.

„Ihr werdet euch wohl nicht mehr erinnern, weil es schon so lange her ist. Als Kind habe ich schon einmal hier gewohnt. Wiese und Baum waren mein Garten, mein Haus und meine Welt. Für ein kleines Mädchen war auch noch Platz und für einen Zauberdrachen, der bengalisches

Feuer spie. Lustig war's, schön und gefährlich wie im Märchen: die Wölfe, die Hexen, die bösen Stiefmütter ... alles halb so schlimm. Nur wenn die raufustigen Kinder von drüben gekommen sind, haben wir uns in der Baumkrone versteckt.

In der Schule hat man mir dann beigebracht, dass nicht alles grün und bunt ist in der Welt. Und auf einmal diese Liebe: ganz dick, rot, zum Platzen prall! Die ist aber einem anderen vor die Füße gerollt. So wird man erwachsen. Zu allem Überdruss waren Wiese und Baum längst zu eng für mich geworden. Ein achtspänniger Parkplatz musste her, ein Bauplatz fürs Haus, ein Tummelplatz für die Lieben und die weniger Lieben und ein Schauplatz fürs Publikum. Als ich schließlich wieder allein war, habe ich mich eben selbst breitgemacht, hoch und tief, damit es nicht so auffiel.

Jetzt aber bin ich hier zuhause, weil ich euch mag und weil ich sonst nicht wüsste, wohin mit mir. Ich habe es gemütlich, es bleibt Raum für Gästezimmer, Fluchthöhlen und eine Rumpelkammer für angestaubte Lustbarkeiten – kurzum für alles."

„Und das kleine Mädchen?", fragten der Baum und die Wiese.

„Ist noch kleiner geworden und wohnt jetzt hinter meinem linken Ohr. Es braucht ja niemand zu sehen, wie froh wir sind, dass wir einander haben.“

10 ||

Eines Morgens wachte Alfred auf und fühlte sich wie gerädert. Das lag an den Autos, die über ihn hinwegrollten. Aus seiner Wiese war eine Straße geworden und sein Baum war auf dem Weg ins Sägewerk. Alfred schlief wieder ein, weil er nichts damit zu tun haben wollte. Bald aber kam die Straßenwacht, erklärte ihn zum Verkehrshindernis, führte ihn ab und sperrte ihn ein. Alfred zwängte sich durch eine Gesetzeslücke und lief davon. Er lief und lief, doch allmählich fühlte er seine Kräfte schwinden. Früher war das doch anders gewesen? Er war, daran bestand kein Zweifel, nicht mehr der Jüngste. Der Klügste war er nie gewesen und vernünftig hatte er nie werden wollen.

Alfred bog in die nächste Sackgasse ein, fand einen verbotenen Durchgang, kletterte über einen Gartenzaun, verbündete sich mit einem bissigen Hund und erreichte durch die Hintertür das Hinterland. Dort schlug er bunte Zelte auf, verführte fahrendes Volk zum Bleiben, engagierte eine singende Säge, einen sägenden Sänger und die Wiener Sängerknaben. Weil er aber die Gagen schuldig blieb, drohten Pfändung, Schande und Schuldturm. Im Schutze der Nacht brach Alfred seine Zelte ab, ließ alles liegen, wie es war, und machte sich davon.

Und schon wieder war er älter geworden. Sinnend blickte er an sich herab, sah sich welken und Blätter verlieren. Manche fielen, weil es nichts mehr zu verhüllen gab, andere, weil sie ihres Alfreds müde waren, und dann gab es noch Blätter aus Papier, unbeschrieben und ohne Hoffnung auf ein gutes Wort. Auch Lorbeerblätter, die sein Haupt bekränzt hatten, lagen zu seinen Füßen. Gut, die ließen sich immerhin verkochen. Aber alles in allem? Herbst, verdammt noch einmal. Hastig besann sich Alfred auf früher, verlegte voll kindlichen Eifers eine Spielzeugeisenbahn quer durch Sibirien, gab einem Spielzeugauto die Sporen und flüsterte einer Spielzeugpuppe etwas ins Ohr. „Nein, danke!“, sagte diese und war sehr froh darüber, dass sie sprechen konnte. „Kindereien!“, brummte Alfred, setzte Haus und Hof auf Noir und verlor. Als er sich im Wirtshaus selbst als letzten Trumpf auf den Kartentisch schmiss, lachten die Mitspieler sehr. Alfred wandte sich daraufhin dem Schachspiel zu und erwog gefurchter

Stirn ein Damenopfer, das durchaus zum Ziel hätte führen können, wäre die Dame eine solche gewesen.

Ausgespielt. Alfred spielte nicht mehr mit. Er resignierte mürrisch, ließ den Kopf hängen, gab den Gedanken frei und schlief ein. Dann aber wachte er träumend auf und hielt einen bunten, schmutzigen Ball in den Händen, rund wie die Welt. Er gefiel ihm nicht. Wegwerfen? Ja, vielleicht, aber doch nicht gleich! Erst einmal prügelte Alfred die Feldherren mit einem Ölzweig windelweich und steckte den gewitzten Wortewählern allerorten je einen Federkiel ins Hinterteil. Die frommen Bürger stieß er so lange mit ihren wohlfeilen Heiligenscheinen gegen das Firmament, bis sie gottgefällige Beulen hatten. Den Staatsoberhäuptern band er Grenzen und Stacheldraht um die geschwollenen Hälse, bis ihre Reden blau anliefen und verstummten. Die Gerechten ließ er erzittern vor ihren unbarmherzigen Spiegelbildern, die Helden froren unter ihren zerschlissenen Heldentaten und die vieledlen Damen schürzten behänd die roten Röcke. Jede hatte ihren Preis. Die Stadt hustete sich ihre Seele aus den Kaminen und der Fluss drehte sich um in seinem Bett: Jetzt schwamm all das Schwere oben, das sorgsam Versenkte, beiläufig Versunkene. Der

Himmel kam herab und soff die Meere leer: Er rülpste heftig in diesen letzten Tagen. Endlich nahm Alfred auch noch Gott ins Gebet: Ob es nicht unter jeder allwissenden Würde gewesen sei, es am Ende gut zu finden und sich aufs Ohr zu legen? Angesichts dieser verbauten, verkrachten und verbogenen Welt und dieser zwielichtigen Geschäftspartner? Als Alfred, wie zu erwarten gewesen war, keine Antwort bekam, nahm er schließlich den Weltball und warf ihn in die Nacht. Dann war es still.

Am nächsten Morgen wurde er munter, kratzte sich dort, wo es juckte, grinste dem Tag ins Gesicht und fühlte sich viel, viel besser.

Seit seinem – wenn auch recht einseitigen – Gespräch mit Gott nahm sich Alfred auch unter Menschen kein Blatt mehr vor den Mund. Als man ihm empört das Sprechen untersagte, schrieb er stattdessen, als man Feder und Papier konfiszierte, dachte er umso lauter. Sie schlugen seine Gedanken tot, aber Alfred fühlte, dass er nicht verstummte. Ihren Spott heftete er sich stolz und vergnügt auf seine Brust und ihre Verachtung legte er achtsam beiseite. Schließlich zogen sie ihm ein Narrenkleid über und ließen ihn gewähren.

Alfred hatte fortan seinen Heidenspaß tagsüber, schlief gut des Nachts und träumte wüst und wohlig. Jeden Morgen schaute er auf die Uhr, in den Kalender und in den Spiegel und sah, dass er nicht älter geworden war. Fröhlich und struppig, wie er nun war, gewann Alfred neue Freunde: einen richtiggehenden Querkopf, ein zielführendes Irrlicht und ein Kind in den besten Jahren. Gemeinsam stiegen sie auf die Barrikaden, um dort Karotten und Sellerie zu pflanzen, legten sich quer und standen auf, wann immer es nötig war oder doch wenigstens unterhaltsam.

Alfred, der alte Kindskopf, spielte mit dem Feuer, erschrak vor den Folgen und tanzte vor Freude, wenn die Glut gelöscht war. Er warb wie verrückt um ein schönes Weib und dachte mit kaltem Grauen daran, dass er womöglich erhört werden könnte. Als sie dann gottlob den Friedrich nahm, war Alfred Trauzeuge, betrank sich fürchterlich und argwöhnte, dass er noch immer nicht älter geworden war.

Na gut, äußerlich gesehen konnten womöglich ja doch einige Veränderungen ins Auge fallen: Schlohweißes Haar umfing Alfreds gefurchtes Antlitz. Die Stimme war brüchig geworden und seine Schritte wurden nicht mehr getan, sondern zögerlich gewagt. Sein vordem strahlendes Auge glomm trübe und sein Kopf neigte sich der Erde zu, widerspenstig immerhin. Gut versteckt tief in ihm war aber Alfreds Kindergarten zu finden: ungebärdig, lachhaft, vollgestopft mit begehrlichen Farben und wollüstiger Wärme.

Es hätte noch eine halbe Ewigkeit so zu Ende gehen können, wäre nicht eines Tages die gute Fee in der Tür gestanden.

„Grüß dich, Alfred, mein Lieber. Es ist Zeit."

„Wofür?"

„Das kleine Evaluierungsverfahren. Ich hab's ja angekündigt. Geht schnell und tut nicht weh, nicht sehr zumindest. Darf ich?"

„Du musst wohl."

Die Fee nahm Platz und breitete ihre Unterlagen vor sich aus.

„Insgesamt zufrieden mit meiner Intervention?"

„Mir hätte nichts Schlimmeres passieren können."

„Aber du bist doch immer noch da, kannst bleiben."

„Und zahle mich krumm und schief dafür."

„Ich habe auf gewisse finanzielle Eigenleistungen hingewiesen. Was ist mit den Flügeln?"

Alfred zeigte der Fee seinen Rücken.

„Hier!"

„Oh, eine böse Wunde und schlecht vernarbt. Schmerzhaft?"

„Sehr."

„Das tut mir wirklich leid. Es ändert aber nichts daran, dass ich die vereinbarte Leistung korrekt erbracht habe. Jetzt zum dritten Wunsch."

Die Fee schaute über Alfred hinweg.

„War sie schön, liebenswert, begehrenswert, eine Springflut, ein Orkan, eine Feuersbrunst?"

„Geht dich nichts an."

„Das habe ich befürchtet."

Die gute Fee klappte die Aktendeckel zu.

„So. Jetzt bin ich außer Dienst. Du erinnerst dich?"

Alfred schaute aus dem Fenster und schwieg.

„War's denn so schlimm?"

„Im Gegenteil."

„Na also. Unsereins altert nicht, wie du siehst. Ist Platz für mich unter deinem Dach, möglichst dicht neben dir?"

„Ich weiß nicht."

„Du solltest es aber wissen."

„Ich will nicht."

„Das kommt schon noch."

„Ich kann nicht."

„Du hast schon wieder drei Wünsche frei."

„So wunschlos war ich noch nie."

Alfred ließ sie ziehen, nicht gerne, weil sie weinte, doch ohne Bedauern. Dann schloss er die Augen, schaute in sich hinein, staunte, stutzte und musste lachen, weil er doch wirklich ein wenig jünger geworden war.

So gesehen, konnte er mit dem unwürdigen Greis im Spiegel ganz gut leben. Allerdings zerrann ihm sein Alter zwischen den Händen. Mehr und mehr zählten seine Lebensjahre immer weniger und sein Weg wollte kein rechtes Ende finden. Alfred kümmerte das nicht. Kommen und Gehen ... wo war der Unterschied?

Als ihn die Zeit nicht mehr halten wollte, verschwand er in ihr.

„Der Herr hat ihn zu sich genommen in seiner unergründlichen Weisheit“, sprach der Pfarrer. „Weiß Gott, was er sich dabei wohl gedacht hat!“, fügte er in Gedanken hinzu. Der Bürgermeister hielt eine lange Rede, die nichts sagen musste, weil niemand zuhörte, und ein Fräulein, nun auch schon reich an Jahren, lächelte fein, flüsterte: „Ich weiß schon, wo ich ihn finde“, und fuhr fröhlich zur Hölle.

Zwei, drei drängende Ewigkeiten und eine atemlose Sekunde später war Alfred wieder da: als Kind mit einem Leben spielend, das viel zu groß geraten war.

„Papiere?“, fragte der Existenzverwaltungsbeamte.